中华

ZHONGHUA HUN

魂

百部爱国故事丛书

华侨旗帜 民族光辉

——爱国侨领陈嘉庚

孙成军 王 一 编著

吉林人民出版社

图书在版编目（CIP）数据

华侨旗帜 民族光辉：爱国侨领陈嘉庚 / 孙成军，
王一编著 . -- 长春：吉林人民出版社，2011.3（2021.8 重印）
（中华魂·百部爱国故事丛书）
ISBN 978-7-206-07546-9

Ⅰ．①华… Ⅱ．①孙… ②王… Ⅲ．①革命故事—中
国—当代 Ⅳ．① I247.8

中国版本图书馆 CIP 数据核字 (2011) 第 032622 号

华侨旗帜　民族光辉
——爱国侨领陈嘉庚

HUAQIAO QIZHI　MINZU GUANGHUI
——AIGUO QIAOLING CHEN JIAGENG

编　著：孙成军　王　一
责任编辑：韩春娇　　　　封面设计：孙浩瀚
制　作：吉林人民出版社图文设计印务中心
吉林人民出版社出版 发行（长春市人民大街7548号　邮政编码：130022）
印　刷：北京一鑫印务有限责任公司
开　本：787mm×1092mm　　1/16
印　张：8　　　　字　数：64千字
标准书号：ISBN 978-7-206-07546-9
版　次：2011年3月第1版　　印　次：2021年8月第2次印刷
定　价：35.00元

如发现印装质量问题，影响阅读，请与出版社联系调换。

总 序

　　《中华魂》是一套故事丛书。它汇集了我国自鸦片战争以来一百八十余年间的近百位民族英雄、仁人志士、革命领袖、先进模范人物的生动感人事迹，表现了他们作为中华儿女的伟大的爱国主义精神。

　　爱国主义是人们对于"生于斯、长于斯、衣食于斯"的祖国的一种神圣感情，是人们对于自己民族的一种强烈的责任感和使命感，是感召和激励整个中华民族的一面永不褪色的旗帜。在一百多年的中国近现代史上，爱国主义一直激励着中华儿女为祖国的独立、统一、进步和繁荣而英勇奋斗。从"苟利国家生死以，岂因祸福避趋之"的林则徐，到"我自横刀向天笑，去留肝胆两昆仑"的谭嗣同;从"铁肩担道义,妙手著文章"的李大钊,到"青春换得江山壮,碧血染将天地红"的赵一曼;从"县委书记的好榜样"的焦裕禄,到"问鼎长天,扬我国威"的邓稼先……都表现出了强烈的爱国主义精神。正是由于热爱祖国的人们前仆后继地奋斗,国家和民族才得以生存,才能够在一次次历史危急关头转危为安,走向兴盛和富强,从而屹立于世界民族之林。爱国主义是鼓舞中华儿女历经忧患、跨越沧桑、百折不挠、自强不息的伟大力量,它贯穿于中华民族的整个历史,并有力地凝聚着五洲四海的中国人。

爱国主义是一个历史的范畴,在社会发展的不同阶段、不同时期有不同的具体内容。革命时期,需要我们为祖国的独立自主出生入死;建设时期,需要我们为祖国的繁荣富强增砖添瓦。在全国各族人民团结一心,开启全面建设社会主义现代化国家新征程的今天,我们要争做一名新时期的爱国者。新时期的爱国者要有强烈的民族自尊心、自豪感。民族自尊心、自豪感是任何时期、任何爱国者都必须具备的情感。民族自尊心能增强我们自立向上的恒心,民族自豪感能树立我们建设祖国的信心。要树立"祖国高于一切"的崇高信念,为了祖国和人民的利益不惜抛却个人的利益,甚至不惜牺牲个人的生命。我们要树立终身学习的理念,拓宽自己的知识面,广泛吸收新知识、新技术,完善自身的知识结构,更新学习知识的方法与理念,从思想上、知识上充分武装自己,为祖国的繁荣昌盛贡献力量。

爱国主义思想的继承和发扬,是关系到民族盛衰、国家兴亡的根本问题。爱国主义思想情操的形成,需要不断地培养。培养爱国主义精神的一个重要途径是向英雄人物和典范事迹学习和致敬。这套丛书的出版,对于青少年向英雄和先进人物学习,特别是对于在中小学生中进行爱国主义教育是不可多得的生动的教材。祝愿此书出版发行成功,为培养时代新人作出贡献。

胡维革

凡事只要以国家利益、人民利益为依归，个人成败应在所不计。我毕生诚信勤俭办教育公益，为社会服务。

——陈嘉庚

目 录

中华魂 百部爱国故事丛书
ZHONGHUA HUN

振奋人心的电报

炮声隆隆，杀声阵阵。一道道火舌夹着凄厉的吼声，划破寂静的夜空，冲向天际，冲向一座座建筑，房屋倒塌了，大楼倒塌了。

惊慌失措的人们胡乱地穿上衣服，不知外面发生了什么事，打开收音机，里面嗡嗡乱响，什么也听不见。

大刀向鬼子头上砍去

"九一八"纪念碑

人们只好在恐怖中期待，期待什么？谁也不知道。但从这震耳欲聋的枪炮声中，他们隐隐约约感觉到灾难又一次降临了。

这是 1937 年 7 月 7 日午夜。

炮声勾起了人们沉重的回忆，心中的伤口又复发了。六年前，同样的夜晚，同样的炮声，日本攻进沈阳，发动九一八事变，侵占了中国东三省，数千万中国同胞沦落在日本军人铁蹄的蹂躏之下，过着屈辱的亡国奴生活。

今天的炮声意味着什么？日本在北平附近驻扎了大量军队，经常派人到北平打探消息，他们早就想侵略全中国了。

人们心中纷纷猜测着，他们知道，这枪炮声一定

抗战纪念碑

是由日本人引起的。枪炮声越来越激烈，人人的心越悬越紧。

第二天，人们聚集在收音机旁，一个清脆而又慷慨激昂的声音响起来了：

"昨天夜间，日本军队在卢沟桥进行军事演习，借口一名兵士失踪，要进入我宛平城搜查，其狼子野心非常明显。被我宛平城守军断然拒绝。"人们听了，纷纷叫好。

"日军见狡计不成，便向我宛平城开炮，并炮击卢沟桥。我驻宛平城和卢沟桥守军奋起还击，经过一夜激战，打退了日本军队的进攻！"

听到这里，人们齐声欢呼，"中国军队终于勇敢地向日本侵略者开战了！"人们奔走相告，纷纷到前线慰问抗日将士。

日本军队在卢沟桥的侵略行为失败后，立即从国内征调来大批军队。从1937年8月起，兵分三路，向中国发动了全面侵略战争，华北、华东、华中等地的中国领土，大片沦陷。

"东北危机！华北危机！中华民族危机！只有全中国人民团结抗战，才是我们的出路！"中国共产党发

卢沟晓月

出了团结抗战，共赴国难的呼吁。

在中华民族面临亡国灭种的危急关头，国民党和共产党结束了长达10年的内战局面，握手言和，共同开赴抗日战场，每一个有爱国心的炎黄子孙，都要为中国人民的反侵略战争贡献力量。

然而，在敌人的威逼利诱下，少数人动摇变节了，背叛了中国人民的伟大事业，向敌人屈膝投降，搞卖国活动，成为可耻的民族罪人。

国民党副总裁汪精卫，曾经追随革命家孙中山先生参加了反对清朝政府的资产阶级民主革命，那时，他曾经作为一名意气风发的革命志士而受到人们的尊重。后来，他变了，成为血腥屠杀人民、镇压革命的刽子手。

他在国民党中资格老，地位高。这次，在全国人民奔赴抗日战场、抵抗外来侵略情绪高

抗日名将——蔡廷锴

华侨旗帜 民族光辉

——爱国侨领陈嘉庚

涨的情况下，他却提出要对日言和，不顾日本侵略中国的事实，他提出要对日亲善。在他的影响下，国民党中一部分人开始动摇了抗战到底的信心和决心。

山城重庆，作为国民党中央政府的战时陪都，笼罩在一片投降和悲观的气氛之中。为了讨论战局，制定对策，1938年10月28日，在重庆召开了第二届国民参政会。

会议一开始，汪精卫就以国民党副总裁的身份发表谈话，散布投降论调，胡说中国武器不如日本，如果战下去，必定失败，主张采取和平的方式，牺牲中华民族的利益，同日本妥协投降。主张投降的人纷纷附和，汪精卫一伙气焰十分嚣张。主张坚持抗战的人，

在敌寇未退出国土以前，公务人员任何人徒和平条件者当以汉奸国贼论

福建新闻社

陈嘉庚

1938 年 10 月，陈嘉庚著名的 30 字提案，被誉为"古今中外最伟大的一个提案"，有力地打击了妥协投降势力。

纷纷发表谈话，反对汪精卫的主和投降活动，会场上争论不休，十分激烈。

正在这时，一个工作人员从外面进来，说道："陈嘉庚先生来电！"

与会人员听了，心中一震，他们知道，陈嘉庚是代表爱国华侨来电陈述意见的，他一定能提出精辟的见解。

参政员们一致要求，让汪精卫把陈嘉庚的电报内容宣读一下。

汪精卫作为国民参政会主席，没有办法，只好拿起

陈嘉庚的电报，结结巴巴地念道：

"敌人未退出我国以前，公务员谈和平便是汉奸国贼！"

汪精卫话音一落，会场上立即爆发出雷鸣般的掌声。人们被陈嘉庚的慷慨言词所激励，纷纷发表谈话，支持陈嘉庚的提议。汪精卫一伙投降派面面相觑，不知如何是好。经大会表决，陈嘉庚的提议很快被会方通过，"敌未出国土前言和即汉奸"的尖锐言词，给汪精卫投降派以沉重打击。

陈嘉庚是怎样知道汪精卫投降卖国活动的呢？他又为啥能有这样大的影响呢？

陈嘉庚是福建省同安县集美镇人，父亲是华侨，在新加坡开米店。陈嘉庚长大后，也来到新加坡创办实业，他聪明正直、勤奋好学，为人诚实，又能埋头苦干，很快他在新加坡就创业了大量产业，拥有两个橡胶园、四个菠萝罐头厂、一家米厂、一家米店，被人们称为马来亚橡胶之王，成为新加坡首屈一指的富翁，在华侨中很有影响。

陈嘉庚具有强烈的爱国心，他虽然可以称之富甲天下，但他从来也没有忘记自己是炎黄子孙中的一员，时刻想着要报效国家。

日本发动九一八事变，消息传到新加坡以后，陈嘉庚知道了心急如焚，怒火满腔。他立即组织华侨，捐款捐物，支援国内受灾难民，并号召华侨开展抵制日货的运动。不久，日本军队又进攻上海，发动了"一·二八"事变，驻守上海的国民党第十九路军在蔡廷锴、蒋光鼐领导下，奋起抗战，表达了中国人民抵抗外来侵略的坚强意志和不屈精神。陈嘉庚亲自给上海十九路军打来慰问电，并邮寄物资给上海广大抗战军民，坚持支援他们抵抗侵略的英勇行为。

陈嘉庚早就认识到，日本有侵略和吞并全中国的野心，它进攻东北、进攻上海，不过是个小小的序幕而已，大规模战争还在后面。因此，陈嘉庚十分关心

蒋光鼐雕像

国内时局，经常派人回国了解情况。

陈嘉庚在新加坡观望时局，心中十分不安，他从广播和报纸中得到消息，国内有人在搞主和投降活动了，他非常气愤。

忽然有一天，一个叫江朝宗的人来到新加坡。找到陈嘉庚后，他说自己也是福建集美人，和陈嘉庚是老乡。陈嘉庚听了，非常高兴，便和江朝宗攀谈起来，询问他国内战局如何。

江朝宗说话吞吞吐吐，先是说日本军队如何厉害，中国军队无法抵抗，节节败退。后来又说再打下去的话，中国非灭亡不可。陈嘉庚听着，心中忽然警觉起来，暗想：这个人到这散布悲观论调，究竟想干什么呢？

于是，陈嘉庚问江朝宗："依你看，中国如果坚持抗战的话，是非失败的了？"

"中国根本打不过日本，依我看，还是和日本讲和的好。再说，日本根本没有灭中国的意思，它只是想同中国加强合作，加深友谊。"江朝宗见陈嘉庚埋头沉思，他又继续说："依我看，还是同日本人合作的好。我和池尚同、王大贞等人已经商量好了，如果你能同意并支持我们的话……"

"不要说了。"陈嘉庚听到这里，已经明白了江朝宗的用意，原来是要拉拢自己去当汉奸的。陈嘉庚怒不可遏，他没有想到，国内汉奸活动如此猖獗，居然还跑来拉拢他了。陈嘉庚猛地站起身，指着江朝宗的鼻子说：

"你还是个中国人吗？汉奸、败类！你给我滚出去！"江朝宗灰溜溜地走了。

陈嘉庚夜晚躺在床上，辗转反侧，难以入睡，他仿佛听见了日本进攻中国的枪炮声，看见了日本军队屠杀中国人民的血腥场面。他又记起了几年前的一件往事：

那是陈嘉庚17岁的时候。他乘船到新加坡寻找父亲。当船行驶到英国兵把守的圣·约翰岛时，几个凶神恶煞般的英国兵冲上船来，用枪和刺刀逼迫船上的中国人去岛上检查身体，他们说中国人是"猪仔，会带来瘟疫"。英国兵把中国人驱赶到一间大屋里，强迫他们脱光衣服，以检查身体为名，进行殴打侮辱。一个生病的中国人被扔进大海。中国人见了，非常愤怒，立即有中国水手跳下海营救。英国兵一边喊着"不许救"，一边用枪瞄准在海里挣扎的中国人。陈嘉庚忍无可忍，上前狠狠打了那个英国兵一记耳光。英国兵恼羞成怒，把枪口对准陈嘉庚。"混蛋，不许开枪！""揍死这个王八蛋！"周围的中国人暴怒了，一齐围上来，护住陈嘉庚，英国兵见状不妙，只好灰溜溜地离开。

今日的新加坡

这件事在陈嘉庚的心灵中，种下了民族仇恨的种子。今天，在日本大举进攻中国的紧要关头，又有人搞投降活动，他怎能不生气呢？

为了支援国内抗战，救济难民，在陈嘉庚的倡议和组织下，1938年10月10日成立了南洋华侨筹赈祖国难民总会，陈嘉庚被推选为主席，他在会上发表了热情洋溢的演说，提出"焦土抗战""全面抗战""长期抗战"口号，受到华侨们的热烈拥护。

正在这时，重庆国民党政府组织了由各界爱国人士组成的国民参政会，陈嘉庚作为华侨代表被选为国民参政会会员，邀请他去重庆参加会议。陈嘉庚忙于筹款工作，无法亲自参加，他痛恨搞投降活动，瓦解民心军民，于是拍了那封措辞严厉的电报。

在陈嘉庚等人的强烈抨击下，汪精卫一伙很快陷入孤立，他们偷偷地逃离重庆，成为可耻的叛徒卖国贼。陈嘉庚知道汪精卫公然站在日本方面、背叛祖国后，立即给国民党中央政府发来电报，强烈要国民政府惩办汪精卫，"宣布其罪，通缉归案，以正国法，以定人心。"在陈嘉庚为首的广大爱国华侨和国内抗战力量的推动下，国民党政府宣布开除汪精卫党籍，并发出通缉令，大快人心。

东北发现陈嘉庚珍贵题词

为保卫民族而抗战精神不死

为打倒独裁而犠牲千古流芳

东北烈士纪念馆

大中华民国廿八年七月十日

陈嘉庚敬题

华侨旗帜 民族光辉

——爱国侨领陈嘉庚

"九一八"事变

"九一八"事变指1931年9月18日在中国东北爆发的一次军事冲突和政治事件。冲突双方是中国东北军和日本关东军。"九一八"事变爆发后，日本与中国之间的矛盾进一步激化，而在日本国内，主战的日本军部地位上升，导致日本走上全面侵华的道路。这次事件爆发后的几年时间内，东北三省全部被日本关东军占领，因此被中国民众视为国耻。"九一八"事变是日本帝国主义长期推行对华扩张的必然结果，是日本帝国主义把中国变成其殖民地而采取的严重步骤。

陈嘉庚爱国事例

陈嘉庚早在1910年就参加同盟会，募款支持孙中山的革命活动。民国成立后，他一再反对日寇侵略，筹款救灾抵制日货，导致工厂被焚，亦在所不惜。七七事变以后，他在新加坡组织"南洋华侨筹赈祖国难民总会"，他被选为总会主席，华侨领袖地位从此确立。陈嘉庚的最大贡献是募集巨款援助祖国的抗战。仅1939年，他募集的抗战军费为国币18亿元，华侨汇往祖国11亿元约占捐款10%。南侨总会抗战义捐约国币5亿元，主要是依靠群众用各种方式劝募。1940年他率领南侨慰劳团回国视察各战区。1942年，日寇攻占新加坡，他被迫避难印尼，在这期间，陈嘉庚作了明志诗，有四句这样写道："爪哇避匿已两年，潜踪难保长秘密，何时不幸被俘虏，抵死无颜诣事敌"。他搞到一小包氰化钾藏在怀里，随时准备以身殉国，表现了他崇高的民族气节。

华侨旗帜 民族光辉
——爱国侨领陈嘉庚

"一·二八"事变

"一·二八"事变1932年于中国上海发生，是日本于1931年九一八事变后，为了把由北向南的入侵计划改变为由东向西，以有利于长期作战，而在上海主动发起的一场战役。1932年1月28日夜间，日本侵略军由租界向闸北一带进攻，驻守上海的19路军奋起抵抗，开始了淞沪抗战。时间长达一个多月。由于国民党政府坚持不抵抗政策，破坏淞沪抗战，19路军被迫撤离上海。在英、美、法等国调停下，国民党政府和日本签订了卖国的《淞沪停战协定》。

"一·二八"事变

陈嘉庚倡办国立侨师

1940年12月，陈嘉庚先生致电重庆国民政府教育部长陈立夫，建议在闽粤两省尽快创设两所国立侨师。随后，陈嘉庚又以华侨界参政员身份，向国民参政会再次郑重提出在闽粤两省分别创设华侨师范学校的建议，建议中详列创办的充分理由及具体的实施办法。

该建议在1941年3月初召开的第二届国民参政会中获得通过。闽省先办，称国立第一侨师；粤省后办，称国立第二侨师。

国立第一侨师，自1941年10月创办至1949年7月25日为国民党教育部电令停办止，历经8年风风雨雨，培养青年学子八百有余。抗战期间，广大师生员工积极投入抗日救亡活动，不少同学还毅然投笔从戎；解放战争时期，在党组织的领导下，师生们踊跃参加爱国民主运动和人民游击战争。侨师成为厦门爱国民主革命运动的一面旗帜。

南 洋

南洋是明、清时期对东南亚一带的称呼，是以中国为中心的一个概念。包括马来群岛、菲律宾群岛、印度尼西亚群岛，也包括中南半岛沿海、马来半岛等。在清朝和民国时期，华侨去东南亚谋生称为"下南洋"。事实上南洋水师也可以到东南亚去巡游。"西洋"在明朝时指印度洋一带，到清朝时指欧洲。后来把日本称为"东洋"是相对于西洋而言。

宛平城抗战雕塑

南洋华侨筹赈祖国难民总会

1937年8月15日新加坡华侨中上层代表大会，决定成立"马来亚新加坡华侨筹赈祖国伤兵难民委员会"。1938年10月10日，在新加坡召开的南洋各界华侨代表大会，正式产生了"南洋华侨筹赈祖国难民总会"简称"南侨总会"，由爱国侨领陈嘉庚担任主席。

华侨筹赈会成立后，海外华侨开始拥有一个合法统一的筹款组织，成员大多数是地方侨领、商人及个别文化界、教育界工作者。成立后，积极推动中上层的抗日救国救亡运动。

019

华侨旗帜　民族光辉
——爱国侨领陈嘉庚

难忘的晚餐

　　南京陷落后，国民党迁都重庆，党政要员云集山城，这里，成为中国新的政治中心。

　　这一天，重庆白市驿机场，挤满了人，国民党达官要人，排列成行，数千学生和群众高举标语牌："欢迎华侨视察团""欢迎陈嘉庚先生回国视察"等大幅标语在空中高高飘扬。

1940年，老重庆最大的飞机场——白市驿机场

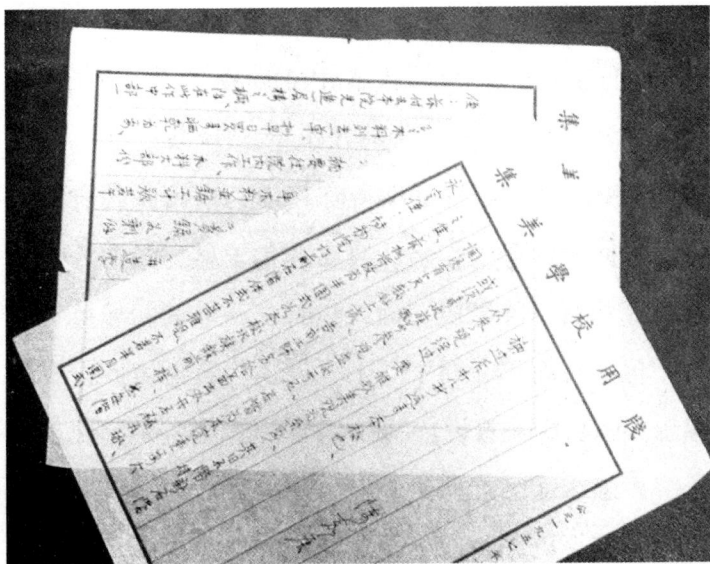

陈嘉庚的信件

飞机降落了。陈嘉庚头戴黑色礼帽，手执手杖，满面春风地走下飞机，望着眼前欢迎的人群，他心中非常激动，他终于踏上祖国的大地了，可以亲自考察一下国内抗战情形。国民党政府代表迎上来。和陈嘉庚握手寒暄。正在这里，人群中爆发震天动地的口号声："打倒日本帝国主义！打倒汉奸卖国贼！""欢迎陈嘉庚先生回国！""全中国人民团结起来，共赴国难！"

陈嘉庚回过头，望了望群情激奋的人群，大声说道："同胞们，日本帝国主义侵略了我们的国家，掠我国土，坏我山河，每个炎黄子孙，都要团结起来，共同对敌，把侵略者赶出去!"

陈嘉庚话音一落，人群中立即爆发出阵阵掌声，像山呼海啸，震动了整个重庆上空。

当晚，蒋介石设宴款待陈嘉庚，国民党政府要人张群、何应钦等人作陪。宴席非常丰盛，张群等人频频举杯劝酒。陈嘉庚一面应付着，一面询问着抗日情况。蒋介石简单介绍了一下，便询问陈嘉庚此行有何感想。陈嘉庚笑着说："我初来乍到，对各地情况都不了解，怎么能妄加评论呢?"蒋介石听了，连连点头，说要让陈嘉庚到各地好好看看，并安排国民党官员进行陪同。

共产党员董必武、林伯渠、叶剑英在重庆，听说陈嘉庚到来以后，立即驱车去看望陈嘉庚，他们谈了很久，给陈嘉庚留下了良好的印象，他决定要去延安看看，并希望能见到周恩来和毛泽东。

蒋介石知道后，非常恐慌，他采取多种方法阻拦，都没有成功。

在中国共产党领导人周恩来和朱德的精心安排下，1940年5月31日下午，陈嘉庚来到了抗日根据地后方、中共中央所在地延安，受到延安军民的热烈欢迎。

在朱德等人陪同下，陈嘉庚兴致勃勃，他参观了延安的自然风光，站在宝塔山上，极目远眺，黄土高

延安大生产运动

原像是一条俯卧的巨龙，把延安盘在中心，经历炮火的洗礼，延安古城已经是断壁残垣，地面建筑遭到严重破坏，烟熏火燎，城墙黄土都变成了黑褐色。

陈嘉庚长长地叹了口气，他想，如果停止战争，在这古老苍茫的大地上，会建立起一座多么美丽的壮观的城市呀。

"想不想见见主席呀？他可很想见见你哟！"朱德打断了陈嘉庚的沉思，和蔼地说道。

"当然想了，现在能见到他吗？"陈嘉庚回过神来，他早就听说过毛泽东的大名了，尤其是在重庆，共产党员叶剑英、林伯渠、董必武同陈嘉庚交谈时，

　　详细介绍了毛泽东制定的持久抗战方针，陈嘉庚很赞同来延安的一个重要目的，就是要拜望一下中国共产党的领袖人物毛泽东。

　　傍晚时分，朱德和陈嘉庚等人来到了杨家岭毛泽东的住处，夕阳西下，把一抹余晖洒在大地上，显示出一种高原夜晚特有的宁静。陈嘉庚站在小山包上，望了望眼前零散稀疏的普通窑洞，心想，毛泽东住在哪呢？这里可没有一所豪华像样的住宅呀。

　　正在这时，朱德说话了："看，毛主席出来接你了。"

　　陈嘉庚顺着朱德的视线望去，前面不远处，一个

陕北高原

延安杨家岭革命旧址

低矮的窑洞门口，站着个穿灰色军装、身体魁梧的人，正向自己这边张望呢。"他就是毛主席。"朱德小声地说。

陈嘉庚快步向前走去，紧紧握住了毛泽东的手，"欢迎你来延安参观考察呀！"毛泽东热情地说。陈嘉庚一面同毛泽东寒暄着，一面走进窑洞，抬头一看，不由暗自佩服，毛泽东身为中共最高领袖，住的地方居然是这样普通简单：屋内只有一张旧的写字木桌，一张硬木板床和几把椅子，木桌上放着个粗陋的搪瓷缸子，可能是毛泽东用来喝水的。

毛泽东和陈嘉庚交谈了很久，互相交换了对抗日前途的看法。毛泽东思路敏捷，谈话风趣诙谐，屋里不时传来阵阵笑声。正在这时，一个警卫员走进窑洞，在毛泽东身边轻轻地问：

"主席，快吃饭了，需要准备些什么？"

"陈先生是贵客，要好好招待一下！"毛泽东挥挥手。警卫员出去了，毛泽东笑着对陈嘉庚说："陈先生呀，延安条件艰苦，可我们还得填饱肚子呀，走，吃饭去。"

陈嘉庚站起身，和毛泽东一齐来到窑洞外面空地上，这里有一张大圆木桌，四周已经摆好了凳子，几张白纸放在桌子上。毛泽东和陈嘉庚在桌子旁边坐下，朱德等人也过来了，他们十几个人围坐在一起，有说

延安宝塔山

有笑。不大工夫，警卫员端来了一盆小米饭，摆在桌旁一个木凳上，又端来四盘小菜，原来是一盘炒土豆，一盘炒辣椒，一盘霉豆腐，另加一碗红烧肉，是专门为陈嘉庚准备的。众人正要动手吃饭，忽然一阵风吹来，桌上的餐巾纸被刮掉了，毛泽东见状，立即微笑着吟了一首诗：

"大风起兮云飞扬。威加海内兮归故乡。安得猛士兮守四方。"

朱德听了，接过来说道："古代的刘邦，一统天下之后，还知道招募天下英雄，固守国土，可惜呀，今日日寇侵略我国，有些人不但身为高官，不思救国抗

延安革命纪念馆

华侨旗帜　民族光辉
——爱国侨领陈嘉庚

战，反而搞投降卖国活动哩。"

毛泽东看了看陈嘉庚，说："陈先生一心爱国，精神可敬，您为中华民族做出了光辉榜样哟。我代表敌后军民敬陈先生一杯！"

陈嘉庚急忙起身相让，毛泽东破例喝了一杯酒，红光满面，和陈嘉庚等人谈笑风生。陈嘉庚感觉到和毛泽东在一起，轻松愉快，饭菜虽然简单普通，但中共领导人这种朴素的作风和蒋介石国民党官员的奢侈形成鲜明对照，从毛泽东等人的身上，陈嘉庚看到了中国的新希望，他高兴地说："这是我有生以来最难忘最高兴的一顿饭啊！"

陈嘉庚痛斥卖国贼

陈嘉庚曾与汪精卫相识且有私谊，兴办厦门大学时还请汪兼校长。得知汪精卫降日，陈嘉庚便怒骂他是秦桧。武汉失陷后，国民参政会迁至重庆，1938年10且28日，第二次国民参政会议在重庆召开。陈嘉庚以华侨参政员身份拍去一封"电报提案"意为："敌人未退出我国以前，公务员谈和平便是汉奸国贼。"依会章规定，提案须20位会员联署才成立。这个提案一到，在会场上签名的人很快就超过了20位。

陈嘉庚此举轰动海内外，有力地震慑了投降派并鼓舞了抗日军民斗志。他们在文字上做了修改，全文共11个字："敌未出国土前，言和即汉奸"。按惯例，议长把提案提交大会讨论时，须将提案的题目、内容在会上朗读一遍，这次也不例外。当时国民参政会的议长是汪精卫。汪议长在宣读时面色惨白，会上激烈的讨论更使他局促不安。邹韬奋当时发表一篇题为

《来宾放炮》的文章评论说:"这寥寥 11 个字,却是几万字的提案所不及其分毫,是古今中外最伟大的一个提案。"

革命圣地延安枣园

陈嘉庚赠车

1940年，陈嘉庚率领南洋华侨回国慰劳视察团到延安慰劳边区抗战军民。

陈嘉庚在延安的感受很多，他认为应尽快解决领导人的出行车辆问题，因为步行和骑马耽误了许多宝贵时间。于是，他很快购买了两辆美国产的福特牌轿车并专程送到了延安。

中共中央接受了这位爱国老人的心意，交代有关部门提出分配意见。有关部门经过认真研究，提议分配一辆给毛主席作为专车。

毛主席得知这一情况后，坚决表示他不要专车，建议配给年纪大一点、身体弱一点的同志使用。

有关部门最后决定：分配一辆给指挥作战的朱老总；另一辆分配给年纪较大的林伯渠、谢觉哉、吴玉章、徐特立、董必武五位老同志共用。

"陈嘉庚赠车，毛泽东让车"的故事在延安军民中传为佳话，同时也给后人上了一次生动的尊老敬老的教育课。

虎口脱险

早春二月，阳光明媚。在微风吹拂下，南海海面波光粼粼，一只只海鸥轻声鸣叫着，从低空贴水掠过，水面泛起阵阵涟漪。

一只客船拖载着沉重的身躯，艰难地在海面航行着，陈嘉庚站在船头，眺望远方，他思潮起伏，自己要到哪里去呢？

陈嘉庚访问延安，回到新加坡以后，他向海外华侨介绍国内观感，尤其是介绍了延安军民的情况，使广大华侨对延安，对共产党领导的抗日根据地有了新的了解，他们都向往能亲自到延安看一看。

在陈嘉庚组织下，海外华侨掀起了新的筹款救国高潮，他们把购买的飞机、救护车等物资源源不断地运回祖国，支援抗日战争，并动员华侨，继续开展抵制日货运动，在经济上给日本侵略者以沉重打击。

陈嘉庚的抗日活动，引起了日本人对他的仇视。日本人多次派遣特务对陈嘉庚进行暗杀，但在广大华侨的保护下，日本特务的阴谋没有得逞。这次，日本调动大批军队，向东南亚国家发动疯狂进攻，企图借此挽救它们濒于灭亡的命运。在日军的优势兵力攻击下，新加坡、槟榔屿等地失陷了，日本人在沦陷区烧杀抢掠，无恶不作，搜捕华侨领袖。陈嘉庚处境十分危险，在朋友的劝说下，陈嘉庚决定离开沦陷的新加坡，到远方避难。

"嗵！嗵！嗵！"几声炮响，紧接着是一阵密集的枪声，从不远处传来。

陈嘉庚举起望远镜，仔细一看，只见不远处的一个城市里，浓烟滚滚，火光冲天，隐约可以看见，一队队士兵正在惊慌地溃逃。陈嘉庚叹口气，那一定是日本人在进攻巨港成功了。派人去打探消息，果然如此。客船本来是准备在巨港靠岸停泊的，如今只好调转船头，向爪哇进发。

陈嘉庚来到爪哇，不料这里也被日军占领了，陈嘉庚在老朋友郭应麟、廖天赐、刘玉永的护送下，从爪哇转到雅加

陈嘉庚的藏品

1911年12月孙中山与陈嘉庚在新加坡合影

达，又从雅加达经日惹乘火车转往泗水。

正当陈嘉庚等人在日惹车站买好车票，准备上车时，突然发现一队日本宪兵涌过来，横眉立目，气势汹汹，站在车门口，检查来往旅客的证件。陈嘉庚、郭应麟、廖天赐、刘玉永一行四人中，只有廖天赐有身份证。

"这可怎么办？如果退回去的话，一定会引起日军注意，结果会更加麻烦。"陈嘉庚略一沉思，果断地小声说："瞅准机会，趁乱闯过去！"

正在这时，在门口的一个日本宪兵拦住了一个带小孩的中国妇女，那个宪兵一双贼眼在妇女身上转来转去，没安好主意。周围的中国人见了，都非常生气，不知谁喊了一声："不准欺负中国人！"那个宪兵一愣，许多人已经推开宪兵，向车上挤去。陈嘉庚见机，急忙跟着往前挤，路过宪兵面前时，那个宪兵已经回过神来，一边掏出枪威胁呼喊着，一边伸手抓挤过去的人，恰巧抓住了陈嘉庚的肩膀。走在后面的廖天赐见状一急，猛地把陈嘉庚往前一推，陈嘉庚就闯过去了。廖天赐拿出身份证，日本宪兵看了看，没有发现破绽，放他过去了。

当天晚间，陈嘉庚等人来到了梭罗市，在福建同乡黄丹季的精心安排下，住进了梭罗市中心的三民旅

陈嘉庚隐居玛琅避难的故居

1945—1949年的独立战争中日惹曾是印度尼西亚的首都

社。为保证陈嘉庚的安全，黄丹季借出门倒水的机会，仔细察看周围有没有可疑人跟踪。忽然，他看见一个身穿黑衫的人，在三民旅社附近往来徘徊。黄丹季心中一惊，暗想，莫非陈嘉庚的行踪已经暴露了？他估计到外面的敌人可能是日本特务，他们还没有拿到确实证据，因此没有进来搜查。但有特务跟踪，对陈嘉庚来说，也是太危险了。黄丹季决定立即把陈嘉庚转移到别处居住。

第二天早晨，当地报纸忽然报道说，陈嘉庚已经躲进梭罗，日本要派人进行搜查逮捕。黄丹季联想到昨天夜间特务盯梢跟踪的情况，他敏感地认识到，陈嘉庚住在这里，是太危险了，他决定趁今天黑夜把陈嘉庚转移到玛琅去。

　　黄丹季等人盼啊盼啊，天终于黑下来了，外边朦朦胧胧的一片，十步之内就认不清人。陈嘉庚化了装，打扮成商人模样，在黄丹季等人陪同下，大摇大摆地经过了日军岗哨。根据日本人的规矩，凡是经过悬挂日本膏药旗的岗哨，无论里面有无日军，都必须面向膏药旗鞠躬行礼。陈嘉庚路过这里时，偏偏昂首挺胸，连看也不看。

　　岗哨里的日本兵见了，立即追出去，要打陈嘉庚。

陈嘉庚纪念邮票

当时的日报

黄丹季见状不妙，飞身而去，把日本兵撞了个大趔趄，日本兵恼羞成怒，对黄丹季一阵拳打脚踢，为了不扩大事态，保证行动安全，黄丹季默默忍受着，直到另一个同行的人过来，把几块银洋塞到那个日本哨兵手中，黄丹季才脱开身，去追赶陈嘉庚。

陈嘉庚到达玛琅，住在巴蓝街4号。这里位置极好，位于大街小巷之间，后面是勃朗打斯河，两岸长满翠绿浓密的椰子树，一片葱茏，风景秀丽宜人，又适合藏身隐匿，是个非常理想的避难地方。

陈嘉庚几经颠簸，终于找到了一个隐蔽的安居所在，本来以为太平无事了，但日本人的消息非常灵敏，他们很快就嗅到了陈嘉庚的踪迹，跟踪而来，玛琅大

为拥护祖国的革命改善自己的地位侨胞们团结起来

毛泽东

1949年10月1日毛泽东为海外侨胞题词

街小巷，布满了日本特务和暗探。

面对这种情况，陈嘉庚泰然自若，毫不惊慌，他做好了被俘后英勇献身的准备。

陈嘉庚严肃地对身边人说："人生自古谁无死？我这么大年纪了，死也算不了什么。万一我被日本人抓住，他们一定会强迫我当汉奸的，为他们说话办事，当汉奸卖国贼，这种事情我绝对不干。到那时，我就用生命来维护祖国的尊严，也对得起炎黄子孙了，有什么了不起的？你们千万不要为我着急！"说着，陈嘉庚提笔写了一首诗：

领导华侨捐抗敌，会场鼓励必骂贼。

报章频传海内外，敌人恨我最努力。

和平傀儡甫萌芽，首予劝诫勿昧惑。

卖国求荣甘遗臭，电提参政攻叛逆。

强敌南侵星马陷，一家四散畏虏逼。

爪哇避匿已两年，潜踪难保长秘密。

何时不幸被俘虏，抵死无颜诌事敌。

回检平生公与私，尚无罪迹污清白。

1946年，新加坡举行李公朴、闻一多追悼大会，陈嘉庚（前立者）任大会主席。

冥冥凶吉如有定，付之天命惧溪益。

陈嘉庚写完诗，把笔一折两段，高声说道："日寇侵我祖国，杀我同胞，只恨不能到前线杀敌，和它拼个你死我活。"身边人听了，对陈嘉庚的民族气节都非常钦佩。他们心中暗暗发誓如果陈嘉庚遇到危险，他们就挺身而出，用生命来保护这一爱国老人的安全。

陈嘉庚在海外屡历危险，他置自己的安危于不顾，时刻关心着国内战局的发展。他多么希望中国人民能早日赶走日本侵略者，建设自己的新国家呀。这一天终于来到了。

1945年8月15日，日本天皇宣布无条件投降，中国人民经过8年艰苦抗战，终于获得了胜利。喜讯传来，陈嘉庚笑逐颜开，兴奋异常，他太高兴了，他的心早已飞往万里之外，他要及早返回新加坡，动员组

日本投降

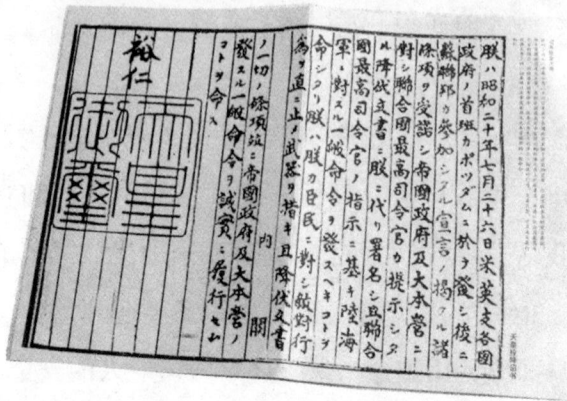

天皇投降诏书

织华侨为医治祖国的战争创伤贡献力量。

1945年10月6日上午，陈嘉庚回到新加坡，受到华侨们的热烈欢迎。毛泽东亲自派人送来一张条幅，上书"华侨旗帜，民族光辉"几个大字，在庆祝大会上空高高飘扬。

陈嘉庚历尽艰难，回到了阔别已久的故里。他心中非常激动。望着黑压压的欢迎人群，他又感觉有些对不住大家，认为自己对抗战的贡献太小了，主张把这种荣誉送给抗日前线浴血奋战的将士。陈嘉庚热泪盈眶，他感觉到了民族力量的伟大和民族精神的可贵，心中暗暗发誓，今后一定要把自己的全部力量都贡献给民族腾飞的伟大事业。

陈嘉庚与李光前

1903 年秋天，年仅 10 岁的李光前随父亲自福建出洋，去新加坡谋求生计。开船不久，气温骤降。当时船上多是福建人，来自穷乡僻壤，去南洋谋生，很多人衣衫单薄，冻得直打哆嗦。

当时也在船上的陈嘉庚，看到大家被冻成那样，就吩咐仓库保管员："我姓陈，你通知乘客，给每人发一条毯子，费用由我来出。"那位保管员大概没听清楚，通知变成了"乘客中姓陈的，每人发一条毯子"。船上旅客不管张三李四，纷纷报名说姓陈，先拿一条毛毯御寒再说。不久，陈嘉庚到各船舱查看，见一个十来岁的少年仍穿单衣，躲在角落里冻得瑟瑟发抖，连忙问他为什么没去领毛毯。少年说："船上通知姓陈的才可以领毛毯，我姓李，不能冒姓去领。"这位少年就是李光前，他这种诚实的举动，给陈嘉庚留下了极为深刻的印象。

　　来到新加坡的李光前，开始进入当地英印学堂就读。他铭记父亲的教导，在接受英文教育的同时，还坚持去养正学堂学习中文。1909年，李光前由于学习勤奋、成绩优异，得到当地中华总商会主席吴寿珍资助回国，继续在暨南学堂学习。两年后，他考入北京清华学堂（预科），之后转到唐山专门学校（即唐山交通大学，今西南交通大学）。

　　1916年的一天，天正下着雨，李光前下班，在街边大摊档吃饭。这时，陈嘉庚也冒着雨来

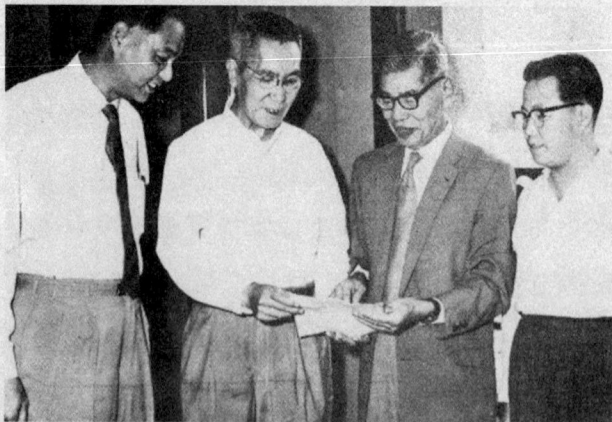

李光前代表社会福利协会接受中华总商会筹赠救灾款

买食物。陈嘉庚买完食物包好后，雨越下越大。陈嘉庚的汽车停在附近，他没带雨具，无法去驾车，正在着急，李光前认出陈嘉庚，忙递去一把雨伞，陈嘉庚性子比较急，拿了雨伞头也不回说："明天到我的橡胶公司去取回吧。"

第二天傍晚，李光前下班后，前往陈嘉庚办公室取回雨伞。陈嘉庚忙招呼他坐下，并感谢他借伞之情。两人边喝茶边聊天，李光前谈起他当年由厦门来新加坡的轮船上，陈嘉庚赠毛毯帮他御寒之事，至今感恩不尽。陈嘉庚这才想起来，不禁大笑。

闲谈中，陈嘉庚了解李光前熟悉中英文，而自己的公司正处于发展阶段，他热情邀请李光前到自己的橡胶公司内服务。

李光前来到陈嘉庚的谦益公司，开始负责处理中、英文函件及对外联络工作，他在工作期间，不耻下问，勤奋好学，很快就掌握了橡胶生意的知识，并打通欧美市场。因为办事干练精明、业务熟练加上老成持重，他很快就荣升为谦益公司橡胶贸易部经理，深得陈嘉庚器重。

当时陈嘉庚的长女陈爱礼芳龄17岁，陈嘉庚看到李光前年轻有为，将端庄贤惠、平和稳重的陈爱礼许配给了他。

李光前热心社会公益，深受其岳父陈嘉庚先生的影响，无论是内地还是海外，只要有关华人的事，有关教育的事，李光前都是竭尽全力，散尽钱财。他对教育、经济的发展和社会进步所做出的巨大贡献，博得海内外一致高度称赞。

李光前偕夫人陈爱礼和三女李淑志到集美鳌园瞻仰

老虎伤人,怎么得了?

傍晚,天空淅淅沥沥地下着小雨。蚊子嗡嗡鸣叫声,在翠绿的橡胶树间飞绕徘徊。寻找着猎物,一旦发现可口精美的食物,便不顾一切地猛扑过去。

这是南国的夏季。新加坡四处散发着花果的清香。

陈嘉庚坐在椅子上,双眼望着窗外,他心事重重。离开新加坡到玛琅避难,整整4年。如今虽然平安返回,但他在新加坡重新看到的一切,已经是面目全非了。陈嘉庚十分记挂他的橡胶园,不知现在长得怎么样了?抗战胜利后,国家满目疮痍,伤痕累累,需要多少物资进行支援啊。陈嘉庚的橡胶园,每年可以有

老　虎

橡 胶 园

几百万元的收入，用它来支援祖国，虽说是杯水车薪，但总可以为祖国尽一份绵薄之力呀。

陈嘉庚决定到橡胶园巡视一番。

陈嘉庚的住处离橡胶园很远，他在儿子的陪同下，乘坐一辆破旧的小汽车，在泥泞难行的路上慢慢行驶着。

到达橡胶园时，天已经黑了。陈嘉庚和看园人打了个招呼，就准备往里面走。

看园人见了，急忙拦阻他说："陈先生，这几天橡胶园正闹老虎呢。昨天这个时候，就有个橡胶工人在园里被老虎咬死了。吃剩下的尸体还放在小桥边呢。"

陈嘉庚听了一愣，"怎么，这里闹起老虎了，这样凶吗？"

"可凶了。这段时间，天一黑老虎就要出来伤人，人们吓得连门都不敢出了。"看园人又说。

　　陈嘉庚听后，沉思了一下，果断地说："我去园里看看。"说着，他就要朝前走。

　　"不行呀不行呀，这太危险了。"看园人见陈嘉庚要亲自去园里察看，吓得目瞪口呆，连连摆手，想要阻止陈嘉庚。

　　"工人能在那里干活，经常冒着被老虎叼走的危险，现在他们被老虎伤害了，我们连看看他们都不敢去吗？你们不去，我自己去好了。"陈嘉庚不顾看园人的劝阻，边说边向园中走去。其他人无奈，只好硬着头皮跟着后面。

　　陈嘉庚沿着橡胶林一直往前走，他认真察看着橡

新加坡

远眺新加坡

胶林的长势，偶尔发现有的橡胶树生了白蚁，他就把白蚁捉下来，并告诉身边的人，应该如何惩治白蚁。快到橡胶园深处时，看园人说什么也不肯往前走了。他用手指着不远处一个白糊糊的东西，对陈嘉庚说：

"陈先生，昨天老虎就是在这里咬死橡胶工人的，它经常在这一带地方出没。"

陈嘉庚顺着看园人的手指望去，前面橡胶林旁有一座小拱桥，白糊糊的东西就在拱桥和树林之间，那想必是被老虎咬死的工人了。陈嘉庚一阵心酸，便趋步走上前去。那个死去的工人已经被看园人用白布盖住了，正安静地躺在那里。陈嘉庚缓慢地揭开盖在死者身上的白布，察看着伤势。这是一个非常年轻的工人，双目圆睁，露出惊恐和痛苦的神色。看着看着，陈嘉庚禁不住落下泪来。

"这个工人有亲属吗？"陈嘉庚问看园人。

"一定要照顾好他母亲的生活，费用从我的薪金里扣，把这个工人拉回去，好好地安葬。"陈嘉庚吩咐道。

巡视完橡胶园，天完全黑了。人们劝陈嘉庚留在橡胶园里过夜，他说什么也不肯。陈嘉庚决定，立即回去想办法射杀老虎，保证橡胶工人的生命安全。

天黑路滑，十分难走。陈嘉庚乘坐的小汽车，在

当年陈嘉庚的最爱
现藏于集美嘉庚公园的纪念馆

华侨旗帜　民族光辉
——爱国侨领陈嘉庚

陈嘉庚的藏品

泥泞中缓缓爬行着，泥点溅满车，黑绿相间，本来就已经破旧不堪的小汽车，更加显得斑驳难看了。陈嘉庚微闭双目，眉头紧锁，他深深为那个被老虎伤害的橡胶工人感到难过，眼前不断浮现出工人被老虎撕咬时奋力挣扎而又极端痛苦的场面。想着想着，他双眼模糊了，泪水悄悄流下来，淌进嘴里，咸咸的，又苦又涩。"老虎逞凶，怎么得了？一定要想办法除掉它！"陈嘉庚自言自语地说。

陈嘉庚抬起头，透过车窗和蒙蒙细雨，他看见远方有一条白练，越来越近，那柔佛河，掀起阵阵浪花，呜咽咆哮着从新山脚下流过。突然，车身猛地一颤，轮下打滑，急速地向柔佛河滑去。司机急了，猛打方向盘。还是无济于事，小汽车像断线风筝、又似脱缰野马，毫无控制地向柔佛河冲去。

"这下完了，滚进柔佛河非喂了鱼虾不可。"司机毫无办法，只好闭上眼睛，一切听天由命了。

就在车子即将坠入河中、惨剧发生的刹那，奇迹出现了，一棵树横卧河边，小汽车撞在上面，弹跳了两下，便停住了。司机醒过神来，惊出一身冷汗，回头看陈嘉庚时，他依然安详自若，好像什么危险都没有发生。

陈嘉庚已经考虑成熟了一个既驱逐老虎，又保证工人安全的方案，刚才发生危险时，他正沉浸在自己天才的设想里，他仿佛看见那凶狠残暴的老虎，被工人抓住塞进了笼子里，他脸上露出了会心的微笑。

新加坡海滨

华侨旗帜 民族光辉
——爱国侨领陈嘉庚

陈嘉庚抗日救国事例

1937年至1938年初，中国政府动员20万劳工修建了滇缅公路。公路修好后，急需大批司机参加抗战物资的运输。陈嘉庚知道消息后，于1939年2月8日发表了《南侨总会第六号通告》，号召华侨中的年轻司机和技工回国服务，与祖国同胞并肩抗战。这个通告很快传遍东南亚各地。

当时志愿回国服务的年轻司机和修理工共三千余人，被称为南侨机工归国服务团。面对滇缅公路艰苦的工作环境，华侨机工们毫不退缩，响亮地喊出"一个华侨能出力，十个敌人九不回"的豪迈口号，前仆后继，拼死抢运抗战物资，使这条国际运输线的军事物资输入量保持在每天300吨的水平，为支援祖国抗战做出了重要贡献。

陈嘉庚与孙中山

孙中山与陈嘉庚最初的交往是在1906年，那时孙中山由法国到日本，中途逗留新加坡，后来又从日本返回新加坡。那年6月孙中山在晚晴园主持成立同盟会新加坡分会。在此期间曾与陈嘉庚初次会面。1910年春，陈嘉庚和他的弟弟陈敬贤在晚晴园"剪去发辫与满清脱离关系"，兄弟俩同时加入了同盟会，积极支持孙中山的革命活动。

1911年12月16日，孙中山从欧洲回国，途经新加坡时，再次与陈嘉庚会晤。陈嘉庚即赠一万元给孙中山作路费；后来又汇去5万元，以应南京临时政府成立之急需。

辛亥革命成功后，孙中山对陈嘉庚的教育事业也鼎力支持，孙中山曾盛赞"华侨为革命之母"。他对陈嘉庚从事教育事业倍加重视与扶持，1921年5月，孙中山得知陈嘉庚创办厦门大学，需要一个德才兼备的人来担任校长之职，孙中山准许自己的爱将林文庆（曾被孙中山委以卫生部部长等职）出任陈嘉庚创办的厦门大学校长，使初创的厦大很快走上正轨。

1923年10月，据集美学校请求，经孙中山大元帅大本营批准：承认集美为"中国永久和平学村"，"集美学村"之名就此确定。1954年陈嘉庚还撰写了《回忆孙中山先生》一文，可见陈嘉庚与孙中山的深厚友谊。

集美解放纪念碑

国家利益为重

新中国在礼炮声中诞生了。

陈嘉庚收到毛泽东的邀请信，决定回国参加政治协商会议，为新中国的社会主义建设贡献力量。

这天上午，海风习习，晴空如洗，一只小客船在海上缓缓行驶，船上没有悬挂国旗，但从船的建筑上看，明显是一艘英国船，人们都很惊讶，这是怎么回事呢？在公海上行驶的船只，都应该有国旗作标志呀。

原来，这是陈嘉庚从新加坡启程返回祖国的，他说："新中国即将成立了，我们很快就会拥有自己的船只，要让中国的国旗在海面上飘扬，我怎能再坐悬挂别国国旗的船只返回自己的祖国呢？"在陈嘉庚的一再要求下，他们租用了英国船，但不许悬挂英国国旗，认为这才不会损害我们国家和民族的尊严。

陈嘉庚返回祖国，他受到以毛泽东为首的中国共产党领导人的亲切接见，并被选举为中国人民政府协商会议常务委员等职务。他积极参加新中国的社会主义建设。为了了解新中国经济建设的成就，在中央的安排下，陈嘉庚亲自到东北、上海等地视察参观。

陈嘉庚先生
(1874-1961)

鳌园陈嘉庚塑像

陈嘉庚先来到上海，一路兴致勃勃，可当他走到中苏友好大厦跟前时，忽然皱了皱眉头，问工作人员，"中苏友好大厦是干什么用的？"工作人员一时弄不明白陈嘉庚的意思，就回答说：

"现在是展览上海工业新产品的地方。"

陈嘉庚听了，脸上立即失去笑容，他又严肃地问道："为什么我国生产的工业新产品要放在这里展览呢？"

工作人员一时无法回答。陈嘉庚叹口气，和人们一起进去看了看我国自行设计制造的新产品，他一件一件仔细地看着，临出门时脸上又绽出笑容。陈嘉庚

集美中学前的陈嘉庚像

华侨旗帜　民族光辉

——爱国侨领陈嘉庚

画册中的陈嘉庚

回厦门不久，立即给上海市领导人写信，指出中国的新产品不能放在中苏友好大厦里展览，这样有失我国的民族尊严。上海市领导收到信后，对陈嘉庚的建议极为重视。立即召集上海市委会议，决定把中苏友好大厦改名为上海展览馆，向中外游人开放，展示我国科技发展的新成就。

从上海回来，陈嘉庚不顾年高体弱，一路颠簸来到吉林省参观一个由苏联援建的糖厂。他在人们簇拥下走进糖厂办公室，抬头猛地看见墙上挂着苏联领袖斯大林的画像，他不由得问道："为什么不挂毛主席的画像，却挂外国人的画像？"糖厂厂长听了，急忙过来解释，说这糖厂的资金和技术都是苏联援助的，还有许多苏联专家在这里工作，是考虑到这种特殊情况，才挂斯大林画像的。陈嘉庚仍然坚持说，只要是在中国的工厂里，不论情况怎么特殊，也只能挂毛主席的画像，毛主席是我们的领袖，是我们中华民族的象征，怎能在中国工厂里挂外国人的相片呢？一席话说得糖厂厂长十分尴尬。

正在这时，忽然糖厂大院里的广播响了："印度尼赫鲁政府，背信弃义，不顾中印两国人民的传统友谊，挑起边境冲突，打死打伤我边防军民数十人。"

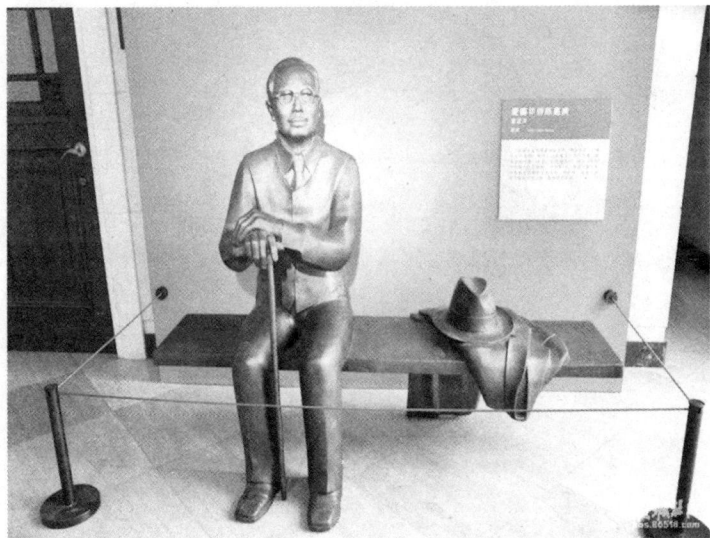

陈嘉庚塑像

华侨旗帜 民族光辉
——爱国侨领陈嘉庚

陈嘉庚听后，非常气愤，他立即终止了参观旅行，返回北京，发表讲话，严厉谴责尼赫鲁政府的行径，坚决捍卫民族尊严和国家利益，他的讲话很有力量，在国内外引起了巨大的反响，人们知道，陈嘉庚和尼赫鲁本来有私人交情和深厚的友谊呀。那是很久以前的事情，陈嘉庚在新加坡时，曾经和印度总理尼赫鲁有过密切的交往。当时印度还是英国统治下的一块殖民地，尼赫鲁正在为争取印度独立而进行斗争，陈嘉庚拿出许多钱帮助尼赫鲁，他们两人的关系非常密切，友谊很深。印度独立以后，1954年尼赫鲁到中国访问。

陈嘉庚诞辰120周年纪念银章

他们在周总理组织的欢迎会上见面，老朋友见面，非常高兴。他们畅谈了很长时间，才依依不舍地分别。这次，陈嘉庚不顾私人情谊，断然对尼赫鲁进行揭露和谴责，知道内情的人都非常敬佩他。陈嘉庚认为，个人友谊归个人友谊，事关国家利益时，绝对不能含糊，必须以国家利益为重。

陈嘉庚精神

陈嘉庚一生经历了长期复杂的历史阶段，集政治、经济、文化教育、社会活动诸方面的大成，形成了一系列的高贵品质和崇高精神，统称为"嘉庚精神"。

嘉庚精神的内涵是丰富多元的，既含有他所服膺向往的轻金钱重义务、诚信果毅、嫉恶好善、爱国爱乡诸点，也包括他所倡导和身体力行的艰苦创业、倾资办学、刚直无私、勤勉俭约等。

陈嘉庚具有强烈的爱国主义精神和崇高的民族气节，他终其一生，全力支援祖国的革命、抗战、复兴的活动。因此，爱国主义是嘉庚精神的本质特征。有人诚心向陈嘉庚请教企业经营之道，他回答说："有两条。一是要有祖国做靠山；二是要有经济的眼光，还要有政治的眼光。"陈嘉庚这两条经验，是他在海外经商几十年的心血结晶。

陈嘉庚的倾资兴学、培育人才的可贵精神，最为世人所称道。他对教育事业孜孜追求，热诚刚毅，百折不挠。他倾资兴学数十年的沧桑历程，集中体现了他的无私奉献，一生为社会服务的牺牲精神，这是嘉庚精神的重要体现。

1955年陈嘉庚与大连海运学院学员在一起

华侨旗帜　民族光辉
——爱国侨领陈嘉庚

毛泽东与陈嘉庚

1949年1月20日，毛泽东致电陈嘉庚："中国人民解放斗争日益接近全国胜利，需召开新的政治协商会议，建立民主联合政府，团结全国人民及海外侨胞力量，完成中国人民独立解放事业。为此亟待各民主党派及各界领袖共同商讨。先生南侨硕望，众望所归，谨请命驾北来，参加会议。肃电欢迎，并祈赐复。"76岁高龄的陈嘉庚接到邀请后，十分激动，当即复电："革命大功告成，曷胜兴奋，严寒后决回国敬贺。"陈嘉庚表示愿意在中共领导下，为即将建立的联合政府的新中国效力，可见这位老华侨代表的满腔热情和高度责任心。

1949年6月4日，陈嘉庚等一行抵达北平后，随即由周恩来陪同一起去香山见毛泽东。畅谈间，毛泽东对陈嘉庚说："全国基本解放了，我们要成立新政协，请您来参加。"陈嘉庚说："我不懂政治，也不会讲话，我不敢接受。"

周恩来说:"华侨的首席代表您不当,能请谁来当呢?您德高望重,这又是建国大事。您不懂普通话不要紧,有庄先生翻译嘛!"还说,最要紧的是大家的心能够相通。例如我们同蒋介石谈话,语言是完全通的,可是彼此的心不相通,所以双方过去谈判了那么多年,总谈不拢来。毛泽东、周恩来推心置腹的交谈,使陈嘉庚十分感动,遂打消了一切顾虑。

1949年9月21日,中国人民政治协商会议第一届全体会议开幕。陈嘉庚在24日的大会上发言,大会选举时,陈嘉庚、司徒美堂等6位华侨代表被选为政协第一届全国委员会委员,陈嘉庚还被选为政协常务委员,后任副主席。1949年10月1日,庄严的开国大典仪式上,陈嘉庚应邀登上天安门城楼,检阅游行队伍。

嘉庚风格建筑

陈嘉庚虽不是建筑师，但他设计和兴建的建筑却始终体现着鲜明的个性与风格。如厦门大学的群贤楼、建南楼、芙蓉楼，体现实用的原则、经济的原则、变通与发展的原则。

陈嘉庚因现实需求而投资立项，可谓实用。嘉庚风格的建筑，庄重宏大，但不奢侈华丽，提倡节俭的作风也反映在建筑观念中。陈嘉庚对建筑有构思、有设计，但又不囿于这种构思设计图中，而是注重发展与变化。

这些建筑总体布局采用主体突出、对称布局和各个建筑群或组团，不设统揽全局的单一轴线，各个建筑群体各有轴线，结合地形形成族群分散布局。

嘉庚风格的建筑布局多呈简洁的"一"字式，有拱券外廊，单廊的廊宽一般在2米以上。

立面形式古今、中西结合。最常用的是屋体西式、屋面中式；在组团中主题中式，其他西式。

嘉庚风格建筑的屋顶，多采用木材构架，外铺琉璃瓦。屋身多采用当地石材与红砖，精工制作，取得多种图案效果。

陈嘉庚故居1918年建成，坐落于今嘉庚路149号，集美镇后尾角。

腰缠万贯的"穷人"

　　陈嘉庚17岁到南洋，跟随父亲经商办实业，在商海沉浮中，他行动坚决，判断准确，经营有方，很快

陈嘉庚塑像

厦门陈嘉庚纪念馆

成为举世闻名的大富翁。他苦心经营，资产越来越大，他把自己的财富全都捐献给了国家和教育事业，自己的生活非常俭朴，谁都不会想到，这个拿出几百万、几千万元资助教育事业的人，却过着比普通穷人还要清苦的生活。他在这方面给我们留下了许许多多动人的故事。他是一个富甲天下的资本家，又是一个勤劳朴实的"穷人"。

陈嘉庚在生活上对自己要求很严格，从来不肯多花一分钱。他在新加坡创业进入最兴盛时期时，人们都称他是马来西亚橡胶王。可他在日常生活中，饮食很简单，早晨喝一杯牛奶，吃三个鸡蛋，马上就去工作。劳累一天，晚餐也只吃一碗白米饭、一碗番薯粥、一块红豆腐乳，有时家里人看他太累了，要给他做点好菜，他总是批评说："饭能吃饱肚子就行了，应该省

集美陈嘉庚墓地博物馆

1959年5月14日华侨博物院开幕典礼留影

下钱办教育，让穷孩子都上学，那样国家才能富强。"他平时身上的现款不超过五元，从来不去菜馆和咖啡店，有时带孩子和妻子去海边玩耍，在天气太热时也只是吃一杯冰激凌。

后来，陈嘉庚在爪哇避难，对自己要求就更加严格。当时由他的校友林翠锦照顾陈嘉庚的饮食起居。陈嘉庚吩咐林翠锦说，他只喜欢吃番薯和花生米，常年不厌，不需要再做其他菜，规定每餐最多不能超过三菜一汤。林翠锦每天就只给陈嘉庚煮番薯粥。有时稍微做点好菜，陈嘉庚就会不高兴，反复告诉说，现在正是抗战时期，物力维艰，前线抗日战士，后方受灾难民，生活都很艰苦，我们能够吃饱肚子，就已经够奢侈了。以后再做好菜时，陈嘉庚干脆不动筷子，只顾埋头吃饭。

厦门被日本军占领后，陈嘉庚冒着生命危险回到家乡，在集美镇大祠堂里向乡亲们作热情洋溢的讲话。讲话结束时已经很晚了。乡亲们要设宴款待他，陈嘉庚说什么也不答应，他大声说："免！免！我要去吃番薯粥配豆豉。"说着就一个人往前走。

有一次，工作人员见他身体太虚弱，就买了只鸡炖给他吃。结果这个工作人员被陈嘉庚狠狠地批评了一顿。平时陈嘉庚到外地视察工作，车上总是带着两个保温瓶，一个里面装早就煮好的海蛎粥，另一个装油条。他在到达工地之前，就和司机坐在道旁巨石上吃油条。等视察完工作，人们邀请他去参加午宴时，他就摇头笑着说："我已经吃过了。"说着，把保温瓶里剩下的粥拿出人们看，这样，谁也没有办法强迫他去赴宴了。

陈嘉庚穿衣服也很俭朴。他在避难爪哇时，有一次让黄丹季送给林翠锦一个布包，林翠锦打开一看，原是几双破袜子，还有条旧裤腰，里面放着一张纸条，这是让林翠锦帮助用这块旧布补袜子。林翠锦实在不忍心让陈嘉庚再穿这样的破袜子，就买了几双新的送给陈嘉庚，陈嘉庚坚持不要，还生气地说："如果你们不肯补的话，拿回来我再找别人补好了。"没有办法，只好又回去，把袜子补好后，交给陈嘉庚。陈嘉庚一边试穿，一边高兴地说："这就不错，还能穿吗，不该扔掉的就不能扔掉。"

陈嘉庚对家里人要求也很严格，常常告诫他们不要多花一分钱。有一次他的儿子陈国庆买了条领带，陈嘉庚看见之后，非常生气，训斥儿子说这是浪费，不准他用。陈嘉庚家的一套家具，使用了十多年，已经破旧不堪，妻子要他花钱买套新的，结果被陈嘉庚责备了一顿。1932年，陈嘉庚的商业经营受到损失，被迫成立陈嘉庚股份有限公司，他从一个大实业家变成一个股份有限公司的股东，在此之前，陈嘉庚坚持声明，必须把他的月工资增加到四千元，否则宁肯破产，也不答应成立股份公司。国外银行团无奈，只好答应陈嘉庚的条件。到月终发工资时，陈嘉庚却要求把他的工资汇到集美学校和厦门大学作办学经费。银行团工作人员十分惊讶，问他生活怎么办，他回答说："我的生活非常简单，每月有十几元就够了。"

厦门——陈嘉庚故居

　　陈嘉庚自己生活俭朴，来了客人也不例外。他从来不请客人下饭馆，认为那样太浪费。在自己家里招待客人，也不超过四菜一汤，都极为简单，一般是米粉一盘，另加花生、皮蛋等小菜。他平是只吃番薯粥，安排四菜一汤，就已经是对客人的优待了。他自己不喝酒，如果客人喝酒的话，他就让身边工作人员现买，自己只在旁边陪着客人聊天。

　　他家财万贯，但对自己的家事，却是"求缺不求全"。校舍和他的住宅都曾因日本飞机的轰炸而炸毁。然而，在校舍和住宅之间，他却坚持先修校舍，并说："第念校舍未复，若先建住宅，难免违背先忧后乐之训耳!"

陈嘉庚纪念馆

陈嘉庚勤俭的故事

陈嘉庚家资巨万，非常富有，他在对祖国和人民有益的事业上十分慷慨。20世纪50年代，他为祖国的教育事业捐资达数亿元，此外，在三四十年代，他还为抗战筹集了大批资金。但是，他在生活上却一贯非常简朴，甚至到了别人难以理解的地步。在较早的年代，电厂供电到晚上10点就停止了。陈嘉庚就点蜡烛继续工作，他用来做烛台的是捡来的一个断把破瓷杯。有人劝他买个烛台，他却不答应。他有一把雨伞，到他逝世时已经用了20年。时间长了，伞布破烂，他就让侄媳妇为他缝补。后来无法缝补了，他又让侄媳妇买块布来更换腐朽了的旧伞布。他常说："该用的钱，几千万都得花。不该用的，一分钱也不能浪费。"

陈嘉庚招待陈毅的故事

陈嘉庚的生活十分俭朴，他要求家里人，吃饭不许超过普通老百姓的标准。就是来了客人也只能一起吃普通的家常便饭，不许大摆筵席。他招待客人一般只是喝点茶水，从不许买什么茶点。一次，陈毅元帅要来看望陈嘉庚。陈嘉庚和家里人都很高兴。家里人想：对国家领导人，我们应当好好招待一下。他们就背着陈嘉庚买了两斤水果糖。陈毅来了，家里人沏上茶，又送上糖果。陈毅走后，陈嘉庚严肃地查问，是谁买的糖果？家里人说明情况后，陈嘉庚批评这个工人说道："像陈毅这样的首长，最多是尝一两粒糖果，买两角钱就行了，不用买那么多，太浪费了。"他还坚持说："陈毅是国家领导人，但更是我的好朋友，是自己人嘛，招待他怎么能浪费呢？"

华侨旗帜 民族光辉
——爱国侨领陈嘉庚

"校主"的心愿

陈嘉庚的家乡集美镇，位于浔江尽头，隔海与台湾遥遥相望，这里的人们常年以打鱼为生，顶风冒雨，生活非常贫困，很少有人能够上学读书。陈嘉庚少年时，曾经在一家私塾读过书，但那个私塾教师非常古板、生硬。陈嘉庚没有在那里学到知识，他感觉非常遗憾，早就有在集美镇创办一所学校的愿望，他要让所有的贫困儿童都能读书写字。

在一个风和日丽的上午，陈嘉庚回到家乡进行实

厦门大学老校门

地考察。这时集美镇已经有了六七所私塾，共有学生80余人，但教师学识平庸，又不准女子入学。陈嘉庚看到这种情况，非常痛心。他四处奔走，劝告各私塾停业，全乡合作，创办统一的集美小学。陈嘉庚为创办集美小学，不辞辛苦，四处招募教师。常常步行数十里，回到家时，已经夜深人静。

为选好校址，陈嘉庚亲自到各地考察，他发现村西有个废旧的大鱼池，占地数十亩，四周风景优雅，很适宜办学。他就花钱把这个鱼池买下来，带领人们把鱼池填平，在这里建了七间教室，还修了一个大操场，供学生娱乐活动。集美小学终于创办起来了。

陈嘉庚创办了集美小学后，深为找不到好的教师而感到苦恼。于是，他又派自己的弟弟陈敬贤，回到福建省创办集美师范学校和集美中学。陈嘉庚认为，教师必须品德高尚，学识渊博，他主要招收贫困子弟入学，为了鼓励他们将来教书育人，陈嘉庚特别规定，进入集美教师的学生，免收学费、宿费，由学校供应蚊帐被褥。有个安溪人叫叶渊，很有才能和魄力，陈嘉庚知道以后，亲自去请，聘叶渊担任校长。为了能够让女子入学，陈嘉庚决定创办女子师范部，学生待遇与男子师范相同。

第一次世界大战结束后，英法美等战胜国在巴黎

创办于50年代的集美中学

召开分赃会议。中国作为战胜国之一，理所当然地在会议上提出了收回被德国侵占的中国山东主权问题。但是，在英、法等国操纵下，大会不但拒绝了中国的正义要求，反而做出把德国在山东的特权转让给日本的决定。这一消息传来，中国群情激奋，爆发了反对日本帝国主义的五四运动。陈嘉庚又一次深深地感到，帝国主义之所以敢无视中国主权，主要是因为中国太落后，无法抵抗外来侵略。他认为要奋发图强，雪洗国耻，振兴教育，是一件必须做的事情。他决定扩充集美学校，并建立厦门大学。

陈嘉庚亲自到厦门考察校址，选中了厦门演武场。演武场位于厦门五老峰下，是明末民族英雄郑成功练兵的地方，清代改作阅兵场，后来洋人侵略中国，把这改为高尔夫球场。演武场占地面积二百余亩，四周风景秀丽。北面奇峰突兀，怪石矗立，有驰名中外的普陀寺。南临大海，平展开阔，一望无际，是理想的办学地方。于是，陈嘉庚向北洋提出申请，要求划演武场为厦门大学的校址。得到批准后，他就着手筹集建校工作，拿出100万元作为开办费，聘请有学识的教师任教。

　　陈嘉庚创办厦门大学不久，他在海外产业便遭受

郭沫若为集美中学题词

到重大损失。许多人都主张停止对集美学校和厦门大学的经济援助，他坚持据理力争，在最困难的时候，每月还坚持给集美和厦大邮汇4000元，作为办校经费。陈嘉庚热情支持办学事业，他经常深入学生中去，了解学生的学习和生活情况，学生们都亲切地称陈嘉庚为"校主"。

集　美

位于福建省东南沿海，居闽南金三角中心地段，是厦门市6个行政区之一，西北与漳州长泰县交界，东北与同安区接壤，西南与海沧区毗邻，东南由厦门大桥及高集海堤连接厦门岛，是进出厦门经济特区的重要门户，区位优势独特。辖区总面积275.79平方公里，地貌以丘陵、山地为主，河流、水渠、水库点缀其间，海岸线长约60公里。集美是厦门市的文教区，著名爱国华侨领袖陈嘉庚创办的集美学村已有90年的历史，享誉海内外，拥有从幼儿园、小学、中学到大学的完善的教育体系和完备的教育设施。

"出卖大厦，维持厦大"

　　1926年，世界橡胶价格暴跌，所有的胶厂普遍亏损，陈嘉庚的工厂也难逃其难。

　　这年，陈嘉生的企业亏损加建校费用共超支一百

　　陈嘉庚一生累计为文化教育事业捐款人民币5.4亿元，临终又把银行存款300多万元捐献，未给子孙留一分钱。

八十多万元。没有办法，只能把厦门大学已经动工的校舍继续建完，集美校舍已经建筑过半，到了冬季，不得不停工。

1927年，经济仍没有丝毫的好转。陈嘉庚维持集美、厦大两校的经费付出七十多万元，加上银行利息四十多万元，共超支一百二十多万元。

1928年，山东济南发生"五卅"惨案，陈嘉庚带领南洋华侨声援祖国，反对日军暴行，成立"济南惨案筹赈会"。《南洋商报》宣传抵制日货，揭露奸商走私，奸商竟然放火焚毁了陈嘉庚先生的橡胶制造厂，工厂损失惨重。

陈嘉庚仍然汇款六十多万元支持两校办学，这年超支一百六十多万元。三年下来，企业每况愈下，资产所剩不足盛时的一半。

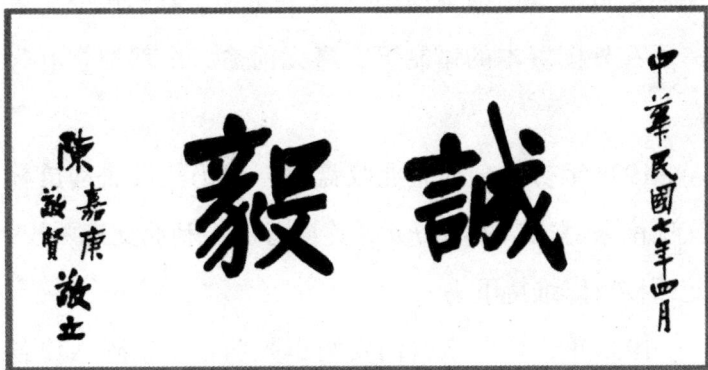

集美大学校训——诚毅

1929年起，资本主义世界爆发了空前的经济危机，而日商在东南亚又倾销日产橡胶，胶价暴跌，经济形势十分严峻，为了支付两校费用和付银行利息，陈嘉庚又欠银行一百多万元无力偿还。

1931年，不得不接受银行方面的条件，把所有资产折合为二百多万元，加上银行所拨的资金，合股改组为陈嘉庚有限公司。

期间，厦大、集美两校经费共缺口四十多万元，陈嘉庚变卖产业得十多万元，并向银行借息三十多万元，勉强维持下去。

1932年，英政府提高进口税率，胶鞋不在增税系列，需要胶鞋订货的英商很多，对陈嘉庚公司来说，这是一个中兴的好机会。

可是，汇丰银行的总经理说："我英国的权力不容他人染指"，断绝了陈嘉庚公司的希望。陈嘉庚终于看清了在外国资本的钳制下，毫无前途，全部把企业收盘。

1934年初，全部企业收盘后，他仍然设法动员林文庆南来募捐二十多万元，连同各胶厂利润支持两校，使两校得以维持下去。

1936年，他又亲自向女婿李光前、宗亲陈六使各募得五万元，陈延谦一万、李俊承五千，连同自捐四

陈嘉庚像

万五千元，共十六万元在马来西亚购买橡胶园四百英亩，充作厦大基金。

1929年嘉庚公司处在经济困难中，他"出卖大厦，维持厦大"——抵押并卖掉了自己和儿子共同居住的新加坡经禧律42号三座美丽的私人别墅住宅。

陈嘉庚自己在文章中谈到，三十几年的经营赢利共一千九百万元。支出上厦大集美两校八百万元，利息五百万元，亏损五百多万元。

"我个人家费，年不过数千元，逐年薪水足以抵过。在集美建一住宅值不上万元，他无所有。"其人格之伟大，生活之简朴，可见一斑。

新中国成立以后，陈嘉庚从新加坡返回祖国，来到北京，积极参加新中国的社会主义建设，他仍然非常关心集美和厦大两校的发展情况。1949年11月27日，陈嘉庚特地回到老家集美。那时，国民党飞机经常到福建沿海一带轰炸，集美学校和厦门大学的许多建筑都被炸毁。陈嘉庚手拄拐杖，步履蹒跚，亲自到学校观察，他看到学校被炸成一片废墟时，对国民党非常痛恨，但他并不悲观失望，组织人清理垃圾，重建校园，制定了更为宏伟的规划。陈嘉庚非常注意优待贫困子弟。1950年他出巨款，在家乡资助全村适龄儿童入学，他建议各学校的上级领导机构，增加助学金名额，并对贫困的优秀学生进行物质奖励。

　　陈嘉庚对厦门大学进行认真细致的勘察以后，又组织领导对厦门大学进行扩建工作，他拿出巨额款项，无偿投资，自己生活却非常俭朴。他经常来厦门大学检查工程进展情况，在建筑部办事处内，陈嘉庚休息、工作的小房间也只有十几平方米，陈设极为简单，家具全都是借来的，一张单人木床、一张办公桌、一把靠背椅、一张小茶几、两张旧沙发和一个木脸盆架。他不喝茶和其他饮料，喜欢喝温开水，来了客人也都是这样对待。他要把省下的钱都用在办学事

棉兰华人1961年举行追悼陈嘉庚

华侨旗帜　民族光辉

——爱国侨领陈嘉庚

业上，平时和办事人员一起吃普通的饭菜，从不搞特殊化。

在陈嘉庚亲自指挥下，新中国成立后只用了5年时间，厦门大学就新建校舍31幢，还有运动场、海滨游泳池等。陈嘉庚含辛茹苦创办的厦门大学，几十年来为国家培养了各方面人才，他们为社会主义建设事业做出了巨大的贡献。

1958年1月，陈嘉庚右眼眶上突然长出一个肿瘤，经检查断定是鳞状上皮癌。陈嘉庚知道以后，并不对自己的病情感到担心，他更为关心的是如何把集美学校和厦门大学继续办好。1961年初，已经到了癌症晚期，他知道自己将不久于人世，但仍然念念不忘集美学校的建设，他对人说："人生自古谁无死，只要祖国能富强，个人算不了什么。"他嘱咐说，一定要把集美建成国内第一流的学校。1961年8月，陈嘉庚被病魔夺去了生命，临终前，他留下了一生中的最后一句遗言："学校要继续办下去。"陈嘉庚把毕生精力献给了国家，献给了中华民族，他为中国教育事业的发展做出了不可磨灭的贡献。

在中华民族灾难深重的时代，许多炎黄子孙都在为国家的兴旺强盛奋力奔波，流血流汗，陈嘉庚是其中的一名典型代表。他办实业、兴教育，历尽坎坷，壮心不已，克勤克俭，献身祖国，他以一颗赤诚的爱国之心，赢得了人们的爱戴和尊敬，永远值得我们学习。

集美陈嘉庚墓亭

华侨旗帜　民族光辉
——爱国侨领陈嘉庚

集美学村

位于福建省厦门市。"集美学村"是集美各类学校及各种文化机构的总称，它由陈嘉庚于1913年始倾资创办，享誉东南亚。学村总建筑面积已达十万多平方米，拥有在校师生一万余人，形成了由学前教育至高等专科教育的完整教育体系。原集美学村包括：厦门水产学院、集美航海学院、集美师范专科学校、福建体育学院、集美财经专科学校、集美归国侨学生补习学校、中国语言文化学校、集美中学、集美小学、集美幼儿园等学校，还包括福南大会堂、图书馆、体育馆、音乐厅、游泳池、龙舟池、医院、航海俱乐部等设施。

1994年10月，由原国家教委批准，原集美航海学院、厦门水产学院、福建体育学院、集美财经高等专科学校和集美师范高等专科学校等五所高校合并组建为"集美大学"。

集美学村在陈嘉庚亲自指导下创立，地处

钟灵毓秀之地，其建筑融中西风格于一炉，体现了典型的闽南侨乡的建筑风格。无论是高大壮观的校舍堂馆，还是小巧典雅的亭台廊榭，无一不是琉璃盖顶、龙脊凤檐、雕梁画栋，而细细看去，却又各具匠心，无一雷同，人们称其为"嘉庚风格"。内有龙舟池、嘉庚故居、陈嘉庚生平事迹陈列馆、嘉庚公园鳌园（嘉庚墓）、归来园、延平故垒等建筑。

集美大学

华侨旗帜 民族光辉

——爱国侨领陈嘉庚

陈嘉庚的影响

1949年，他应毛主席电邀，回国出席全国政协，参加开国大典。他看到伟大祖国站立起来了，决心定居祖国，为祖国建设服务。他历任中央人民政府委员、归国华侨联合会主席、当选全国人民代表大会常务委员、全国政协副主席。他已耄耋高年，驰驱祖国南北大地，舟车劳顿，席不暇暖，致力于祖国社会主义建设事业，并对推动华侨爱国大团结、鼓励华侨支持祖国和家乡建设起到积极作用。他生前叮嘱"把集美学校办下去，把300万元存款捐献给国家"，并一再呼吁祖国统一，弥留之际还对台湾的回归深表关切，体现了一个爱国者的赤诚之心。

1961年8月12日陈嘉庚在京病逝。陈嘉庚治丧委员会由周恩来总理担任主任委员，丧仪极为隆重。周恩来总理朱德委员长亲自执绋，廖承志在追悼会上致辞。陈毅在吊唁的时候激动地说："陈嘉庚先生是一个有骨气的中国人。作为华侨领袖来说，他是一个杰出的爱国主义者，追随革命，善始善终，值得后人学习。"8月15日首都各界举行公祭，公祭结束后，灵柩南运，专车经过的许多城市，当地党政部门和归国华侨都到车站献花圈致祭，最后在集美鳌园举行了隆重的安葬仪式，陈嘉庚永息在鳌园中。

陈嘉庚是一个重要的历史人物，他的影响远远超出了国界，不仅中国内地人尊敬他，而且华侨和海外华裔也尊敬他。他的精神在海内外都将散发永远的光芒。

华侨旗帜　民族光辉

——爱国侨领陈嘉庚

集美大学校徽——诚毅 1918

陈嘉庚科学奖基金会

在国务院有关领导的亲自关怀下，在财政部、中国科学院和中国银行的大力支持下，2003年2月，经国务院同意，民政部批准陈嘉庚科学奖基金会正式注册成立。

陈嘉庚科学奖基金会是由中国科学院和中国银行出资设立的非营利的全国性基金会，是独立的基金会法人，接受中国科学院的业务指导和民政部的监督管理。

陈嘉庚科学奖基金会的宗旨是：奖励取得杰出科技成果的我国优秀科学家，促进中国科学技术事业的发展，实现中华民族的伟大复兴。基金会实行理事会负责制，理事会由中国科学院、中国银行、财政部、科技部、教育部、国家自然科学基金委员会、中国科学技术协会和中国工程院等单位的代表和热心于科技事业的社会知名人士组成。

基金会设立陈嘉庚科学奖，奖励近年来获

得或被认定的原创性重大科学技术成就的在世中国公民。

　　加强科学技术原始创新一直是我国几代科学家的心愿，基金会根据国家科技事业的发展以及国家奖励制度的改革情况，以奖励原创性成果为目标，努力使陈嘉庚科学奖在提升我国科技自主创新能力、倡导治学严谨的优良学风、激发科学家科技创新积极性等方面发挥积极的作用，为建设创新型国家做出贡献。

华侨旗帜　民族光辉
——爱国侨领陈嘉庚

中华魂·百部爱国故事丛书
提　要

《誓与禁烟相始终——民族英雄林则徐》

林则徐严禁鸦片，坚决抵抗西方列强的侵略，坚持维护国家主权和民族利益。他是中国近代历史上第一位睁眼看世界的人，是抗击帝国主义殖民侵略的第一人，是中华民族抵御外侮过程中伟大的民族英雄。

《血洒虎门御敌寇——抗英将军关天培》

民族英雄关天培，在第一次鸦片战争中为了抗击英国侵略者的入侵而血洒虎门，为国捐躯，谱写了一曲可歌可泣的英雄赞歌。关天培用他的生命，书写了中国人民反抗外侮的历史。

《威震镇海靖节魂——抗敌英雄裕谦》

在第一次鸦片战争期间的众多牺牲者中，有一位官阶最高，他就是两江总督裕谦。裕谦与外国侵略者斗争立场坚定，与国内妥协派、投降派斗争态度坚决。裕谦督战镇海，与英国侵略军浴血奋战，临危不惧，以身报国，浩气长存。

《斩邪留正解民悬——太平天国领袖洪秀全》

农民出身的洪秀全，从失意文人到起义领袖，经历了长期的思想演变过程，在外敌入侵、清朝政府腐朽的历史环境之下，顺应时代的潮流，成长为一位非凡的历史英雄人物，建立了与清朝政府相抗衡的农民政权——太平天国。

《仰承汉唐　荟萃中外——近代数学家李善兰》

李善兰是我国19世纪重要的科学家之一，在数学、天文学、力学等方面都有重大建树。他继承了我国古代数学的成就，又以极大的热情传播西方科学文化，"仰承汉唐，荟萃中外"，把自己的一生献给了科学事业。

《严谨治学　勇于探索——近代著名数学家华蘅芳》

华蘅芳，中国近代数学家之一。其精通中国古算学，并熟练掌握西方近代数学，是中国验证抛物线并著书立说的参与者。为了证明"外国有的，中国也能造"而鞠躬尽瘁，在引进西方科学技术、传播科学知识上贡献卓著。

《折冲樽俎护山河——近代著名外交家曾纪泽》

曾纪泽是中国近代史上著名的爱国外交家，在中俄伊犁交涉事件中，他秉承抵抗列强、保卫国家的坚定意志，利用外交手段全力同沙俄抗争，捍卫了国家主权、民族尊严，收回了祖国的领土，在近代中国外交史上留下了光辉的一页。

《甲午海战留英名——民族英雄邓世昌》

邓世昌，北洋水师名将。本书以邓世昌的成长过程为线索，以代表性的历史故事为主要内容，还原真实的历史事件，突出鲜明的人物性格。邓世昌因在中日甲午海战中突出的英雄气概而名垂史册，书写了伟大的爱国主义篇章。

《誓与舰队共存亡——北洋水师提督丁汝昌》

丁汝昌处在清朝政府的腐朽和李鸿章的专断下，难以施展爱国的抱负，壮志未酬，愤恨而终。但丁汝昌为建立近代海军作出的巨大贡献，带领北洋舰队爱国官兵勇抗强敌的英雄事迹，将永远为后代所传颂。

《镇南关上凯歌扬——抗法老英雄冯子材》

1885年中法战争中，年逾古稀的冯子材为抵御外国侵略，勇赴国

华侨旗帜　民族光辉

难，大败法军于镇南关，并乘胜追击，接连收复文渊、谅山等地，从根本上扭转了中法战争的局面，成为近代民族英雄的杰出代表。

《屡败法军逞英豪——黑旗军将领刘永福》

刘永福是黑旗军的创建者，是农民出身的杰出军事家、政治活动家。在19世纪发生的援越抗法、中法战争中，他率部与帝国主义侵略者进行了殊死的战斗，建立了卓越的功勋，成为我国近代史上著名的民族英雄，为后世所景仰。

《矢志变法强国家——戊戌变法领袖康有为》

康有为是清末民初最有影响力的思想家之一。他领导了中国知识界的启蒙运动，掀起了一场自上而下的政体改革。他最早在中国提出了立宪政体和具体的宪政方案，主张在坚持儒家传统和帝制的前提下，学习西方经验，他的进步思想对近代中国具有深远的影响。

《开民智以报国 普新知而图强——戊戌变法思想家梁启超》

梁启超，中国近代史上著名的政治活动家、启蒙思想家、史学家、文学家，戊戌变法领袖之一。本书以百日维新思想家梁启超的成长过程为线索，以代表性的历史故事为主要内容，还原真实的历史事件，突出鲜明的人物性格。

《我自横刀向天笑——维新志士谭嗣同》

谭嗣同在民族危机的严重时刻，投身改革救中国的洪流。为了带给祖国一个光明的未来，紧要关头，他挺身而出，用自己的鲜血激励后人，把宝贵的生命献给了变法事业。

《睡乡敢遣警世钟——用生命警策国人的陈天华》

陈天华是民主革命的活动家和宣传家。他写的《猛回头》《警世钟》等书，起到了革命启蒙的重大作用。为了激发留日学生的爱国情怀，他不惜投海自杀，演出了近代史上感人至深的一幕，给后人留下了难忘的印象。

《革命军中马前卒——民主斗士邹容》

革命乃"至尊极高，独一无二，伟大绝伦之一目的"；它是"天演之公例，世界之公理，顺乎天而应乎人"的伟大行动。因此，必须"仗义群兴革命军"。他激情高呼："革命独子万岁！中华共和国万岁！"这就是《革命军》的作者，中国近代著名资产阶级革命宣传家邹容。

《休言女子非英物——鉴湖女侠秋瑾》

为民族解放和妇女解放而英勇斗争的秋瑾，冲破封建礼教的思想牢笼，打碎封建精神枷锁，崇仰真理，追求光明，主张共和，坚持男女平等，最终献出了自己年轻的生命。

《血溅校场　杀身成仁——民主斗士徐锡麟》

本书讲述了反清志士徐锡麟弃文从武、投身反清革命事业，最终被清政府杀害的故事。出于对国家的热爱，徐锡麟献出自己的生命，他的事迹将永远激励后人深切缅怀这位民主革命的先驱。

《生可死耳　我志长存——献身民主的禹之谟》

禹之谟，民主革命党人，同盟会会员，近代资产阶级革命家、实业家。1886年，20岁的禹之谟"提三尺剑，挟一卷书"游历四方，研究西方社会政治学说，忧国忧民之心日趋强烈。戊戌变法失败，他丢掉改良幻想，倡革命救亡之说，走上民主革命道路。

《物竞天择　适者生存——资产阶级启蒙思想家严复》

严复是中国近代著名的启蒙思想家、翻译家和教育家。他长期从事教育和翻译事业，为近代中国人才培养和思想启蒙做出了重要贡献，同时他也为中国的翻译事业和中西思想文化交流做出了重要贡献。

《辛亥革命急先锋——资产阶级革命家黄兴》

黄兴，清末民初资产阶级革命家，中华民国开国元勋。黄兴在武昌首义及辛亥革命时期的爱国表现，与孙中山闻名于当时，常被时人以"孙黄"并称。本书以资产阶级革命活动实干家黄兴的成长过程为线索，歌颂了先辈伟大的爱国主义精神。

《矢志革命　百折不回——近代民主革命家廖仲恺》

廖仲恺追随孙中山踏上了创立民国与捍卫共和制的旧民主主义革命

之路；在新民主主义革命时期，他为建立、巩固首次国共合作和实施三大政策，英勇奋斗，为国殉职，洒尽了一腔热血。

《将军拔剑南天起——护国英雄蔡锷》

蔡锷是中国近代史上的杰出军事家、爱国者。他的一生短暂而伟大。辛亥革命爆发，他毅然投身于革命洪流之中，领导云南重九起义，对武昌起义积极响应。袁世凯窃国复辟、恢复帝制的阴谋暴露出来以后，他又毅然举起了武装讨袁的旗帜。

《反帝反封建运动——五四青年的爱国故事》

五四运动是一次伟大的反帝反封建的爱国运动；是一个伟大的历史转折点；是中国人民的斗争从挫折走向胜利的一个关节点，它为中国的前进开辟了一条全新的道路，拉开了中国新民主主义革命的序幕。

《思想自由 兼容并包——著名教育家蔡元培》

蔡元培是中国近现代著名的民主革命家和教育家，一生经历风雨，却始终信守爱国和民主的政治理念，致力于废除封建主义的教育制度，奠定了我国新式教育制度的基础，为我国教育、文化、科学事业的发展做出了富有开创性的贡献。

《为国家争光 为民族争气——中国铁路之父詹天佑》

詹天佑是我国最早的杰出铁道工程师，因主持建造京张铁路而闻名中外，被誉为"中国铁路之父"。他为祖国的铁路事业贡献了毕生的精力。本书向读者展示了詹天佑热爱祖国、科技兴国的辉煌人生。

《实业救国 衣被天下——轻工之父张謇》

张謇是爱国实业家、教育家。他年轻时中过状元。过了40岁，开始投身工商实业活动中，他的名言是"富民强国之本在于工"。在南通，创办大生丝厂、银行等各种实业。并将创办实业的大部分所得投入教育。他的观点是，教育和实业一样，也是"富强之大本"。

《心向革命 追求光明——平民将军冯玉祥》

冯玉祥将军"是一位从旧军人转变而成的坚定的民主主义战士"。

抗日战争期间，他辗转各地，用实际行动积极抗战。日本战败投降后，他为了断绝美国的援蒋内战，又在美国四处演说，揭露蒋介石统治之黑暗，痛斥美国阴谋分裂中国的不良行为。

《刑场上的婚礼——革命烈士周文雍　陈铁军》

周文雍是广州起义的主要领导人之一。陈铁军出身于华侨商人家庭，却毅然投身革命洪流。1928年1月，两人接受派遣，回到广州假扮夫妻从事革命斗争，却不幸被捕。临刑前，两位烈士将敌人的枪声当作自己婚礼的礼炮，用生命和爱情谱写出一曲千古绝唱。

《星星之火　可以燎原——井冈山斗争的故事》

1927—1929年，毛泽东、朱德等老一辈革命家，在井冈山创建了农村革命根据地，进行了艰苦卓绝的斗争，建立了新型革命武装，点燃了工农武装革命之火，找到了农村包围城市最后夺取政权的中国革命的正确道路。

《新民学会的主要发起人——中国共产党早期革命家蔡和森》

蔡和森青年时期曾与毛泽东等人一起组织进步团体新民学会，参加五四运动，并在赴法国勤工俭学时研读大量马克思主义著作，回国后以满腔热忱投身革命事业，成为中国共产党早期重要的理论家和宣传家。

《威震黄浦江畔　高奏抗日壮歌——一·二八淞沪抗战》

面对日本侵略者的挑衅，十九路军在蒋光鼐、蔡廷锴的带领下，高举义旗，奋力一搏。一·二八淞沪抗战，是中国军人捍卫军人荣誉和祖国尊严所发出的吼声，谱写了一曲抗击日军侵略的英雄壮歌。

《将军恨不抗日死——慷慨就义的吉鸿昌》

在国难深重的20世纪30年代，吉鸿昌将军因拒绝执行国民党指示，坚决不打内战，被迫携眷出国"考察"。回国后，他加入中国共产党，组织了民众抗日同盟军，英勇打击日本侵略者，后于1934年11月被国民党反动派杀害。

《献身革命　甘于清贫——梅岭忠魂方志敏》

大革命失败后，方志敏凭着"两条半步枪"起家，身经百战，创建了赣东北革命根据地和红十军。本书真实记录了方志敏投身于革命、领导红军和敌人进行艰苦卓绝斗争的经历，歌颂了烈士贫贱不移、威武不屈、献身革命的高尚品质。

《奏响中华最强音——人民音乐家聂耳》

聂耳在他有限的生命中创作了数十首革命歌曲，在抗日救亡运动中，聂耳的这些歌曲产生了广泛深远的影响。他的音乐创作为中国无产阶级革命音乐的发展指明了方向，树立了榜样。

《横眉冷对千夫指——中国文化革命主将鲁迅》

鲁迅不但是伟大的文学家，而且是伟大的思想家和伟大的革命家。在那风雨如晦的黑暗年代里，他以笔为投枪，同一切帝国主义和反动派进行了顽强的战斗，为中国人民树立了一个不朽的丰碑。他是新文化战线上的一面光辉旗帜，是我们伟大民族的灵魂。

《铁流两万五千里——红军长征的故事》

红军长征是人类历史上的一次伟大的壮举。第五次反"围剿"失败后，中国工农红军的三大主力在极端艰难的条件下，突破国民党军队的围追堵截，进行了史无前例的战略大转移，总行程达两万五千里以上。途中发生了许多动人故事，至今令人难以忘怀。

《荣辱不移革命志——创建陕北红军的刘志丹》

刘志丹是杰出的无产阶级革命家、军事家，西北红军和西北革命根据地的主要创始人之一。他一生热爱人民，追求真理，英勇善战，百折不挠，艰苦奋斗，忠心赤胆，为创建红军和革命根据地、为中国人民的解放事业建立了不可磨灭的功勋。

《英名永存北平城——爱国将领佟麟阁　赵登禹》

1937年7月28日，日军向北平郊区发动进攻。第二十九军副军长佟麟阁奉命在南苑率部与日军苦战，腿部受伤，头部被敌机炸伤，壮烈殉国。第一三二师师长赵登禹指挥部队顽强抵抗日军，右臂中弹负伤，仍继续作战。后在转移途中遭日军截击而牺牲。

《八百壮士　四行仓库铸军魂——谢晋元和他的战友们》

八一三抗战，中国军人以血肉之躯揭开全面抗战的帷幕。这是一场血战，是中国军人不屈不挠的英雄诗篇，其中的八百壮士守四行，成为这首英雄颂歌中最动人、最凄美的音符。一曲四行保卫战，铸就了不屈的军魂。

《八女投江　气贯长虹——八位抗联女战士》

抗日战争时期，以冷云为首的东北抗日联军8名女战士，为捍卫民族尊严，面对凶残的日寇，镇定自若，宁死不屈，投江殉国，表现了中华民族同敌人血战到底的英雄气概。她们的光辉形象，激励着千千万万的后来人。

《艰苦抗战　威震敌胆——著名抗日英雄杨靖宇》

杨靖宇将军是我国著名的抗日民族英雄。曾先后担任磐石游击队政治委员、东北抗日联军第一军军长兼政委、抗日联军总司令等职。领导军民对日寇坚持了长达9个年头的艰苦卓绝的斗争，最终以身殉国。

《死也不当亡国奴——镜泊抗日英雄陈翰章》

陈翰章，从1932年8月投笔从戎，直到1940年12月8日为抗击日本侵略者，战死在镜泊湖畔。他在抗日疆场上奋战了九年，他那可歌可泣的英雄事迹将为人们永世传颂。

《名将殉国　气壮山河——抗日将军张自忠》

著名抗日将领、民族英雄张自忠，生于忧患的时代，抱有"宁为百夫长，胜作一书生"的志向，经历过失败与低谷，最终成就了慷慨人生。本书主要以人物活动为主，勾画出一个真正的"民族魂"鲜活的人生，会带给读者振奋的力量。

《宁死不辱战士名——狼牙山五壮士》

1941年日寇在河北易县"扫荡"。为掩护群众和主力部队撤退，五位八路军战士毅然把敌人引上了狼牙山棋盘坨峰顶绝路。弹尽粮绝、无路可退，五位英雄纵身跳下了万丈悬崖，用生命和鲜血谱写出一曲惊天地泣鬼神的壮举。

《太行浩气传千古——抗日名将左权》

左权，中国工农红军和八路军高级指挥员，著名军事家。是八路军在抗日战场上牺牲的最高指挥员。名将阵亡，太行山为之垂首，全党为之悲痛。周恩来称他"足以为党之模范"，朱德赞誉他是"中国军事界不可多得的人才"。

《虎将兴关外　抗倭统雄师——抗联英雄赵尚志》

本书描写了久经考验的共产党员、东北抗联的创建者和主要领导人赵尚志，在艰苦卓绝的条件下，坚持抗战，威震敌胆，战功卓著，忍辱负重，忠贞不屈，为国捐躯的英雄故事，为青少年读者呈上一部爱国主义的佳作。

《黄埔之英　民族之雄——抗日名将戴安澜》

抗日名将戴安澜，先后参加保定、漕河、台儿庄、武汉、昆仑关等战役，作战英勇，屡建奇功；入缅作战，"扬威国外，藉伸正义"；守东瓜，复棠吉；殒身缅北，遗恨丛林，马革裹尸，成就了光辉的一生。

《爱国志士　民主先锋——新闻出版家邹韬奋》

本书讲述了邹韬奋献身新闻出版事业的奋斗历程，展现了一位新闻工作者坚定的革命信念和炽热的爱国主义精神，全心全意为人民服务、为读者服务的奉献精神，歌颂了他的高尚情操和优良品质。

《为抗战发出怒吼——人民音乐家冼星海》

人民音乐家冼星海，青年时期在巴黎求学，饱尝屈辱与磨难；学成后毅然回到多灾多难的祖国，用满腔热忱谱写激昂的音乐，鼓舞中华儿女的斗志；奔赴延安，谱写出不朽的名作《黄河大合唱》，发出中华民族抗日救亡的怒吼。

《全民皆兵　抗击日寇——抗日战争的故事》

中国人民进行的十四年抗战，是一百多年来中国人民反对外敌入侵第一次取得完全胜利的民族解放战争。这场战争是以国共两党合作为基础，有社会各界、各族人民、各民主党派、抗日团体、社会各阶层爱国人士和海外侨胞广泛参加的全民族抗战。

《捧着一颗心来　不带半根草去——人民教育家陶行知》

陶行知是我国现代教育史上伟大的人民教育家、教育思想家。他从青年起就立志献身教育事业，以"捧着一颗心来，不带半根草去"的赤子之心，为人民的教育事业鞠躬尽瘁。

《为民主与和平拍案而起——民主斗士闻一多》

闻一多早年与梁实秋等人发起成立清华文学社。赴美留学期间由对祖国的深深眷恋而创作著名的《七子之歌》。后在西南联大任教8年，积极投身于抗日运动和争取民主的斗争，发表了著名的《最后一次讲演》。

《铁窗难锁钢铁心——革命先烈王若飞》

王若飞是我党早期杰出的无产阶级革命家。在艰苦卓绝的斗争中，他出生入死，屡建奇功，以超人的睿智和胆略，在敌人的监狱中，同敌人展开了殊死的较量，为抗战的胜利和新中国的诞生做出了卓越的贡献。

《横扫千军　还我河山——抗联名将李兆麟》

李兆麟是东北抗日联军创建人之一，他率领抗日联军历尽千难万险与日本侵略者浴血奋战，在极其艰苦的条件下，保存了抗日联军的有生力量，为东北光复做出了重大贡献。

《锄头开出新天地——解放区大生产运动》

为了解决困难，渡过难关，党中央号召党政军民齐动手，开展大生产运动。中国共产党在其控制区域内发动的一场军队屯田和鼓励生产的群众运动，达到了自己动手丰衣足食，共度难关，既进行革命又进行生产自足的目的。

华侨旗帜　民族光辉
——爱国侨领陈嘉庚

《生的伟大　死的光荣——女英雄刘胡兰》

刘胡兰，坚贞不屈的少年女英雄。生前对我国劳动人民的解放事业无限忠诚，在敌人威胁面前，大义凛然，毫无惧色，英勇牺牲，表现了共产党员的高贵品质。

《饿死不领美国救济粮——爱国知识分子的楷模朱自清》

朱自清作为爱国知识分子的典型，以锐利的笔锋直言痛斥反动政府的暴行，体现了他崇高的爱国情怀和不畏恶势力的精神品格。毛泽东曾给朱自清先生以高度评价："一身重病，宁可饿死，不领美国的'救济粮'"，"表现了我们民族的英雄气概"。

《为了新中国前进——舍身炸碉堡的董存瑞》

伟大的英雄，中国人民的儿子董存瑞，从儿童团长成长为一名光荣的解放军战士，在1948年解放隆化县城时，舍身炸碉堡，为新中国献出了自己年轻的生命。他的英雄形象永远留在人民心里。

《宁死不屈的共产党员——革命烈士江竹筠》

江竹筠，就是著名的江姐。1947年春，她负责《挺进报》工作，只几个月的时间，报纸就发行到1600多份，引起了敌人的极大恐慌。由于叛徒出卖，江姐不幸被捕，惨遭毒刑的残酷折磨，仍坚贞不屈。最后被特务秘密枪杀，年仅29岁。

《抗美援朝　保家卫国——志愿军的战斗故事》

抗美援朝战争是中国人民志愿军为援助朝鲜人民、保卫祖国安全，与美国为首的"联合国军"发生的战争。在朝鲜牺牲的志愿军烈士们，他们英勇的战斗事迹、保家卫国的精神值得我们发扬光大。

《上甘岭上壮烈歌——黄继光和他的战友们》

在1952年10月的上甘岭战役中，黄继光和他的战友们在零号阵地半山腰被敌机枪火力点压制，此时，黄继光身上已经多处负伤，手雷也已全部用光。为了完成任务，减少战友的伤亡，他用自己的胸膛堵住正在扫射的敌机枪射孔，为反击部队扫清了前进的道路。

《诗书印画　全入神品——国画大师齐白石》

齐白石出身贫寒，做过农活，当过木匠，后改学雕花木工，从民间画工入手，摹古人真迹，学诗文书法，融汇古今，而诗、书、印、画俱佳；他将中国画的精神与时代的精神统一得完美无瑕，使中国画得到国际的重视，无愧于"国画大师"的称号。

《毕生为文化而奋斗——中国第一出版家张元济》

张元济参与、主持和督导商务印书馆近六十年，使其从简单的印刷企业转变为当时中国教育出版的旗帜。张元济一生爱书，在中华大地动荡不安的年代里，他用自己对文化的热爱，续存着中华民族灿烂悠久的文明之光。

《独树一帜　梨园大师——著名京剧表演艺术家梅兰芳》

梅兰芳，京剧大师，演唱风格独树一帜，世称"梅派"。曾先后赴日本、美国、苏联演出，并荣获美国波摩那学院和南加州大学的荣誉文学博士学位。作为一位爱国者，抗战期间蓄须明志，拒绝为日本人演出，为后世称颂。

《华侨旗帜　民族光辉——爱国侨领陈嘉庚》

陈嘉庚是著名的爱国华侨领袖、企业家、教育家、慈善家、社会活动家。他为辛亥革命、民族教育、抗日战争、解放战争、新中国的建设做出了卓越的贡献。生前被毛泽东誉为"华侨旗帜、民族光辉"。

《向雷锋同志学习——伟大的共产主义战士雷锋》

雷锋，一个平凡而伟大的共产主义战士，一心向着党，一生秉承着全心全意为人民服务、无私奉献的崇高思想；发扬刻苦学习和钻研理论的"钉子"精神；坚持勤俭节约、艰苦奋斗的优良作风。毛泽东为其题词："向雷锋同志学习。"

《人民的好公仆——县委书记的好榜样焦裕禄》

焦裕禄，被誉为县委书记的好榜样。他用自己的革命精神，展开了与大自然、与社会落后现象、与病魔的多重抗争，让我们领略到一个共产党人的生之伟大、死之壮美的人格品质和具有现实教育意义的精神魅力。

《文学巨匠 京味大师——人民作家老舍》

老舍是我国现代小说家、文学家、戏剧家。他用融入骨髓的真诚文字反映生活的喜怒哀乐。老舍的一生，总是在忘我地工作，他是文艺界当之无愧的"劳动模范"，生前被北京市人民政府授予"人民艺术家"的称号。

《革命老人——无产阶级教育家徐特立》

徐特立是一代伟人毛泽东的老师。他出生在贫苦家庭，大部分时间生活在动荡艰苦的年代；他刻苦勤奋，不畏艰辛，追求光明，一生勤俭，为革命培养了大量的人才；他对党和人民任劳任怨，鞠躬尽瘁。他坎坷奋斗的一生，留下了许多可歌可泣的故事。

《人生能有几回搏——新中国第一个世界冠军容国团》

容国团先后担任中国乒乓球队运动员、女队主教练。获得1959年男子单打世界冠军；1961年夺得男子团体世界冠军；作为中国女队主教练，1965年率女队第一次夺得女子团体世界冠军。他的"人生能有几回搏"的豪言，举国传诵。

《石油工人一声吼 地球也要抖三抖——铁人王进喜》

王进喜，新中国第一批石油钻探工人。他为祖国石油工业的发展和社会主义建设立下了不朽的功勋，在创造了巨大物质财富的同时，还给我们留下了宝贵的精神财富——铁人精神。他被评为"百年中国十大人物"，写入中华民族的光辉史册。

《做人民需要我做的事——著名地质学家李四光》

李四光是一位伟大的科学家，他一生从事地质学研究工作，足迹遍布祖国的山川，为祖国探明了许多地下宝藏；他创建了崭新的学说——地质力学；他历尽重重困难，为正确认识地质构造开辟了一条新路。

《中国化学工业的先驱——著名化学家侯德榜》

　　为摆脱纯碱需要进口的窘况，20世纪初，怀着"实业救国"梦想的中国化工先驱侯德榜等人创办了永利碱厂，并立志生产出中国人自己的碱。1926年，永利碱厂终于成功地生产出"红三角"牌纯碱，从此中国制碱业得以跨入世界先进行列。

《毕生求是　一丝不苟——著名科学家竺可桢》

　　著名科学家竺可桢献身科学研究；治学严谨，一丝不苟；一生廉洁，两袖清风；作风民主，爱护学生。他以爱国之心、报国之志，从一个民主主义者逐渐成长为一个共产主义战士。

《热爱自然的大地之子——著名植物学家蔡希陶》

　　蔡希陶，五十载风雨，五十载坎坷，五十载奋斗，五十载开拓，为了发现对人类生产、生活有用的植物及新物种的引进而做出巨大贡献，在中国的植物资源学史上将永远镌刻着他的名字。

《高洁无私的襟怀——知识分子的楷模蒋筑英》

　　蒋筑英是中国当代知识分子的先锋典范，他不为名，不为利，尊重科学；他以坚忍的毅力和顽强的作风，在科学的道路上呕心沥血，鞠躬尽瘁，无私地奉献了青春和生命。

《迎接新生命的天使——卓越的妇产科专家林巧稚》

　　林巧稚是国内外享有盛誉的妇产科专家。在五十多年的医学教育和临床实践中，林巧稚亲自接生了五万多婴儿，治愈了数千病人，培养了数以百计的专门人才，为我国的妇女儿童事业做出了不可磨灭的贡献。

《独自成千古　悠然寄一丘——国画大师张大千》

　　张大千是20世纪中国画坛最具传奇色彩的国画大师，无论是绘画、书法、篆刻、诗词无所不通。在艺术界深得敬仰和追捧，艺术家们用真挚的感情，用绘画和雕塑展现了"张大千"多彩的艺术形象。

《建造中国的通天塔——著名数学家华罗庚》

中国当代著名数学家华罗庚，为中国数学的发展做出了无与伦比的贡献，他是中国解析数论、典型群、矩阵几何等多方面研究的创始人与开拓者，也是我国最早将数学理论研究与生产实践紧密结合的科学家。

《问鼎长天 强我国威——两弹元勋邓稼先》

邓稼先是我国著名科学家，参加组织和领导我国核武器的研究、设计工作，从对原子弹、氢弹原理的突破和试验成功及其武器化，到新的核武器的重大原理突破和研制试验，作出了重大贡献。是我国核武器理论研究工作的奠基者之一，被誉为"两弹元勋"。

《敢叫天堑变通途——桥梁专家茅以升》

中国著名的桥梁专家茅以升从小立志为祖国建造桥梁，经过不懈努力，他不仅设计建造了一座座宏伟壮观、坚固实用的道路桥梁，而且搭建了一座座友谊之桥，为祖国建设作出了卓越贡献。

《蘑菇云之梦——核物理学家钱三强》

被誉为"中国原子弹之父"的核物理学家钱三强，更名后立志于科技报国；24岁投师于世界著名核物理学家居里夫妇；与夫人何泽慧合作，发现铀的"三分裂""四分裂"现象；统领我国的原子大军，做了大量创造性工作。

《两离桑梓地 满怀雪域情——领导干部的楷模孔繁森》

孔繁森，是一位一尘不染、两袖清风的好干部。两次进藏工作，历时十载，为西藏的建设、发展和稳定作出了突出的贡献。1994年11月，孔繁森不幸以身殉职。人民群众称他为新时期领导干部的楷模。

《摘取数学皇冠上的明珠——著名数学家陈景润》

陈景润是享誉世界的数学家，为了证明"哥德巴赫猜想"，他以惊人的毅力在数学领域里艰苦跋涉，终于攻克了世界著名数学难题"哥德巴赫猜想"中的"1＋2"，创造了中国乃至世界数学史上的辉煌。

《学术独步 饮誉四海——享有国际威望的科学家卢嘉锡》

卢嘉锡是一位在国际科学界享有崇高威望的物理化学家、化学教育家和科技组织领导者。1945年，卢嘉锡满怀"科学救国"的热忱回到祖国，对中国原子簇化学的发展起了重要推动作用，他所指导的新技术晶体材料科学研究，也取得了重大成绩。

《德艺双馨 梨园楷模——著名豫剧表演艺术家常香玉》

常香玉1941年赴陕甘演出。1948年在西安创办香玉剧社。1951年为支援抗美援朝，率剧社巡回西北、中南、华南各地演出，以演出收入捐献"香玉剧社号"战斗机一架，素有"爱国艺人"之誉。

《文学大师 激流勇进——著名作家巴金》

本书以巴金生平和主要事迹为线索，回顾和展示现代著名作家巴金的一生，以期让人们看到巴金在这风云变幻的100多年中，有过成功的欢欣，有过屈辱的磨难，有过痛苦的忏悔，有过平静的安宁。巴金的人生，映照着一代中国五四知识分子坎坷而不平凡的命运。

《壮心系科学 孜孜为国昌——理论化学家唐敖庆》

本书讲述了唐敖庆从出国求学、学业有成、回国任教，到服从安排、艰苦工作、刻苦钻研，最终成为中国量子化学奠基者的过程。让人们看到了这位著名化学家的赤心爱国、严谨治学、大公无私的崇高品格和科研上的卓越成就。

《中国导弹之父——著名科学家钱学森》

当第一颗原子弹升空的时候，当中国的人造卫星奏响《东方红》的时候，当中国运载火箭腾空而起的时候，当中国研制的导弹准确命中目标的时候，人们都会想起他的名字：中国导弹之父钱学森。

《中国近代力学的奠基人——著名科学家钱伟长》

钱伟长曾以中文和历史两个100分的成绩考入清华大学。九一八事变后，钱伟长毅然放弃了文科的学习而转为理科。他是中国近代力学、应用数学的奠基人之一，在固体力学、流体力学以及航空航天领域，取得了卓越的成就，为新中国的现代化建设付出了毕生的精力。

《中国光学科学的奠基人——著名科学家王大珩》

王大珩是我国著名的科学家，中国光学科学的奠基人。他先在清华就读，后赴英国求学，学业有成，立志科学救国，其成就享誉神州。他以科学的求是精神和赤诚的爱国情怀，探索着中国光学发展的闪光之路。